献给南方都市报深圳本命年
献给每一位心怀理想的人

理想
到底是不是骗子

南方都市报出品
陈文定 主编

中国发展出版社
CHINA DEVELOPMENT PRESS

图书在版编目（CIP）数据

理想到底是不是骗子/陈文定主编．—北京：中国发展出版社，2012.9

ISBN 978－7－80234－818－9

Ⅰ．理…　Ⅱ．陈…　Ⅲ．访问记—作品集—中国—当代　Ⅳ．I253

中国版本图书馆 CIP 数据核字（2012）第 181462 号

书　　名：理想到底是不是骗子

主　　编：陈文定

出版发行：中国发展出版社

（北京市西城区百万庄大街 16 号 8 层　100037）

标准书号：ISBN 978－7－80234－818－9

经　销　者：各地新华书店

印　刷　者：北京科信印刷有限公司

开　　本：720×960mm　1/16

印　　张：14

字　　数：168 千字

版　　次：2012 年 9 月第 1 版

印　　次：2012 年 9 月第 1 次印刷

定　　价：29.80 元

咨询电话：（010）68990642　68990692

购书热线：（010）68990682　68990686

网　　址：http：//www.develpress.com.cn

电子邮件：fazhanreader@163.com

序

多一点弹性　多一些可能

黄常开（南方报业传媒集团副总编、《南方都市报》总编辑）

在新闻行业，“理想”是一个常常被提及的名词。相信走进这个行业的人，都是带着理想来的。另一方面，在工作多年之后，很多人对“理想”这个词可能也充满了困惑。

这种困惑来自于很多方面，包括新闻职业现实与曾经理想的反差，包括行业发展未来的不确定性，包括价值观的变化，也包括待遇、发展空间等种种因素……确实，理想这个话题，深入细节之后，会发现人的理解各异，有的理想着眼于自身价值的实现，有的理想则偏重于对行业的期许。无论是哪一种，都是人对未来的预期。就我的观察看，很多时候人们对理想产生困惑，不在于现在、当下，而在于接触现实之后对未来预期的调整。

在以往对理想的表述中，舆论监督、弘扬正气、匡扶正义，是被提及较多的词汇。“铁肩担道义，妙手著文章”的理想最适合放在新闻行业去实现。毫无疑问，在今天，这仍然是新闻业的价值所在。但另一方面，现时论及新闻理想，恐怕要多加一个背景，那就是随着技术在生活中的渗透，社会传播方式在发生着飞速的变化。互联网方兴未艾，移动互联的时代已在眼前；十年前博客是潮流，如今微博都已走过巅峰期。

之所以提及这些，是因为如果只是以传统纸媒的视角看待新闻这份职业，在当今的社会传播格局下，难免一叶障目，不见泰山。因为无论纸媒还是其他媒介，都只是这个多元化、多渠道传播背景中的一个方面。

有了对这个背景的了解，对于理想的理解，应该也会更充分一些。我也碰到过有人跟我谈及理想时的困惑。虽然通过交流有所纾解，但我想这种困惑还真不是几句话能开解的。需要在行走中去体验、去尝试、去观察、去沉淀。如孟子所说：“困于心，衡于虑，而后作。”

谈及传媒行业的种种变化，在于给新闻人提供一个审视自身的宏观背景。理想并非一成不变，至少随着行业的变化，会有新的需求，甚至淘汰部分旧有功能。这时我们需要的是去理解、去适应，而不是抱残守缺，拒绝改变。

借用一句《南方都市报》曾经的口号：“改变使人进步。”

但这又容易走入一个误区。全媒体时代来了，有人又把传统媒体的价值贬得一无是处，进而传统媒体中有些人也妄自菲薄。实际上越是全媒体的时代，传统媒体和媒体人更应该找准自身的核心优势，发而扬之。

不能把媒体看成救世主，这样认知下衍生出来的理想太自大；但媒体也不能没有底线，那会断送立身之本。

说这么多，我想表达的是，一个足够专业，又视野开阔的人，更容易给理想找一个合适的定位。当看清媒体的维度，理想也会多一分弹性，这时就会多一些可能。

在上面所述的宏大背景下，《理想到底是不是骗子》一书选取了一个断面去观察传媒人的理想与现实。并试图回答一个尖锐的问题：理想是不是骗子?

入选的人，是曾经在《南方都市报》工作过又离开的人。这些人曾经是《南方都市报》的开创者、践行者、参与者，怀揣着类似的梦想，为同一份报纸并肩前行过。一直到今天，我都认为《南方都市报》是观察中国传媒和传媒人变化的最好视角。十五年间，她从一份默默无闻的报纸迅速成长为中国最有影响力的都市报之一，办报理念上的创新和拓展，成为中国新闻业抹不去的印记。另一方面，她现在又成为国内率先尝试战略转型，推进“全媒体集群”战略的都市类媒体。这一次的变化，可能要带给新闻从业者又一次观念上的变革。

当然，最值得关注的还是《南方都市报》的人。每年的人来人往，《南方都市报》吸纳着对传媒有兴趣的人才，同时又在不停向各行各业输送着人才。就像本书中所追访的人，离开《南方都市报》之后，他们的人生各异。有人选择了网络，有人选择了创业，有人赋闲，有人忙碌。经风历雨之后，他们对理想的理解或许更为深刻。也能为现在从事新闻行业的人，提供不同角度的参考。

目录

第一章　给理想打鸡血

第三章　到体制外去

第四章　快意江湖爱谁谁

他神经兮兮地去抬杠、较劲、挑战，神经兮兮地骂人、得罪人，遇见事儿都“爱谁谁”，但这个社会里，能指出“皇帝没穿衣服”的孩子已所剩无几。他压根儿不想做一个风流倜傥、八面开花的侠客，做个真实的快刀杀手就够了。

他是韩寒杂志的主编，他曾是木子美的朋友，可是他不愿意自己成为名人身后的影子。其实，他也不是马一木，他是马勇。在他眼里，能规划的人生都是索然无味的人生，长了果子就要卖钱的果树也不是好果树。那就做一颗猴面包树吧，慢慢在那边呆着，结自己的果实，这个果实能吃一吃也好，不吃就自己结着。

第五章　跳槽这个问题

第六章　一切并未完成

她是一个理想气质浓重的新闻人，也是一位理性的现实主义者。这样一个女性，展现着中国传媒圈鲜见的女性管理者的坚韧、睿智。“任何时候不能动摇你自己的意念。”在回应一个媒体同行“冬天已经到了，春天还会远吗？”的感慨时，她说，“春天从未离开。”

他的文字，是传说中的汗血宝马，纵横四海，能走能飞，上得天堂入得了地狱。文思神来，跳出三界外，不在五行中。但可以肯定，这是一位出神入化的杀手，没有人知道他怎么出手，没有人看到他刀剑出鞘，对面人头已骨碌落地。

后记　也谈谈理想

第一章

给理想打鸡血

程益中：超越自身的不可能性

在报业竞争的丛林里，这个文弱书生和他曾率领的同仁有异常彪悍和凶猛的一面。他的理想是对自己所从事的职业建立具有积极性和正面性的价值链条，而不是简单的个人成功设计。这位在旁人眼中永远乐观、永远充满鼓动性激情的报业统帅说："在这样的时代里，没有比成功更恬不知耻的事情。"

朱德付：没有理想就没有年轻过

这是一个与传奇、英雄牢牢挂钩的名字。从《南方周末》、《南方都市报》到《信息时报》、《京华时报》，在纸媒"光荣与梦想"的时代，在这些演变过程中最有标志性的媒体，朱德付不仅是见证人，更是直接推动格局变幻的弄潮儿。若要回望近 20 年来中国媒体的发展，朱德付已是一颗无法被忽视的启明星，照亮了一个时代的传媒精神。

人物简介

程益中，1965年生于安徽安庆怀宁县。曾亲手参与打造中国南北两大成功报纸：《南方都市报》和《新京报》。2004年后，先后出任财讯传媒集团副总裁、现代传播集团副总裁、香港亚洲电视高级副总裁等。2005年5月3日，获联合国教科文组织颁发的“世界新闻自由奖”。

同题问答

问：理想是不是骗子？

答：不是。我的理想是对所处的社会和时代的一个期待，对自己所从事的职业建立一个积极性和正面性的价值链条。个人理想，应当在于个人对社会、对别人的价值，而不是简单的个人成功设计。

个人应当努力成为这个社会正能量的一部分，这才应该成为理想。往高里说，人的最高价值是牺牲。在家，为人子女，做人父亲，都是付出成就了这个价值。同样，在社会也是一样，对这个社会正面的、积极的作用才是价值所在。一个人的价值在于别人和社会需要他。

具体到新闻这个行业，如能对阻碍社会发展的丑恶力量进行或多或少的制衡，从而起到正面的积极的、推动作用，善莫大焉。

程益中：超越自身的不可能性

很多年后，程益中依然会想起在工地扛水泥包的场景。

顶着热辣太阳，搬砖头、和水泥，给泥水匠打下手。而他一直坚持认为，那是一段并不太坏的日子：三顿米饭管饱肚子，还能隔三差五吃上猪肉。

这个安徽怀宁的农村子弟一度对泥水匠的活计兴致勃勃。如果继续在工地上干下去，程益中应该会成为一个优秀的泥水匠，名播十里八乡。运气好的话，或许还能像村中族兄一样，变身小包工头，戴个大墨镜，招呼一帮老乡干活。

第一份工是放牛

怀宁县地处安徽省西南部，长江下游北岸，大别山南麓前沿。东靠安庆市，西邻天柱山，南连望江，北接桐城。

自东晋义熙年间（405~418）建县以来，怀宁至今已有1600多年历史。南宋景定元年（1260年），怀宁县城随安庆府迁至宜城（今安庆市），府、县同城而治长达690余年；清乾隆二十五年（1760年），安徽布政使司自江宁移至安庆府，省、府、县同城达190年，史称怀宁为安徽的“首府首县”。

不过，在程益中的童年记忆里，家乡从来都是个苦地方。“文革”前夕的1965年4月3日，他出生在怀宁县下辖的一个乡村。这里是小丘陵地形，每年都要发大水，通常一场洪水席卷而来，田地里就颗粒无收。凶猛的水涝灾害牢牢烙在程益中脑海里，小时候，他经常一整个夏天都泡在水里。

这里种两季稻谷，夏季稻容易涝死，秋季稻则经常遇上干旱，有的农户甚至为争夺水源而大打出手。在村里，程益中最早谋得的一份工作是放牛。那年，他刚好6岁。程益中在家排行老五，虽然兄弟姐妹共7人，但家里缺少壮劳力，生活异常艰难，粮食根本不够吃，每年都要欠生产队的。

而程益中放牛的工作，一年能为家里挣上80个工分，对这个6岁小孩来说，已经是了不起的成绩。每天天蒙蒙亮，程益中便起床，赶牛出门吃草。到夏天，这个放牛娃通常赤着双脚，在泥泞不堪的土路上踩出一长串的脚印。

幼年程益中并没有觉得太辛苦，只在内心隐约有某种冲动。在

7岁那年，他跑去村里的小学想报名上学，但很快被父亲挡回来。程父的理由很简单，此时的程益中还有一个弟弟一个妹妹需要照看。等到第二年，8岁的程益中终于得以入读小学。

在开学那天，程父给儿子郑重取了学名:“程益中”。这是以中国传统方式给儿子入学赋予了宗教洗礼般的庄严。这个农家对读书一直很重视，程益中的祖父属于传统的乡绅，在村里充当调解纠纷之类的角色。

上小学后，程益中的放牛工作改由其母亲担任，但他在每天下午放学后，还是跑去接替母亲放牛。进学校读书给程益中打开了一个新的世界。哪怕很多年后，身处距离家乡千里之外，程益中仍然会想起当年的语文老师和算术老师。

语文老师是一个从县城里来的女青年，时常让程益中感受着城里知识青年的文明和礼仪。算术老师是小学校长，男士，备受乡邻尊重。这是程益中最早感受到的一种男性的威严。

也许很难判断，这些感受到底对幼年程益中起了多大影响，但可以肯定的是，“通过读书改变命运”的想法早已深入到这个放牛娃的骨髓里。

若干年后，当他读完小学，步行七八公里到公社（乡镇）上读中学时，前路越发清晰起来。

寄宿在学校的全部男生都挤在一个仓库般的宿舍里，上百人一间。没有厕所，撒尿是直接到门口方便的，程益中常常在半夜听到外边响亮的撒尿声。宿舍空气中到处是尿臭脚臭齐飞。有一段时间，很多男生得了疥疮，于是宿舍的空气里还弥漫着烂肉、硫黄的气息。

程益中是为数不多的没得疥疮的男生之一。并非他的身体多强壮，而是他在个人卫生上保持着较好的习惯。这个瘦弱的男生经常脱个精光，跳进学校附近的池塘，把全身上下洗个干干净净。

这时候，依然是吃不饱肚子。在程益中的记忆里，饿肚子读书的光景伴随着他走过青春期。每个星期，学生们从家里背上米，到学校了换上等额的饭票，再凭票买饭。菜是没有的，从家里带上两罐自制咸菜腌萝卜，就要吃上一个星期了。天气热的时候，罐头菜里就不由分说长出白色毛毛。

虽然条件艰苦，但程益中读书很用功。学校没电，到晚上每人自带一盏煤油灯写作业，睡觉前一抠鼻孔全是煤灰。同时，程益中还有一个很大的担心，就是母亲的身体一直很不好。到他高一那年母亲病情更加严重，家里实在难以维持，程益中决定辍学打工挣钱。

他找到同村的一个族兄，在其承包的工地上当上了小工。这是17岁的程益中自6岁为生产队放牛之后，得到的第二份工。在20世纪80年代初的中国大江南北，建筑工地十分活跃。

程益中庆幸在工地上吃饱了肚子，还能偶尔吃上几块肉。而水泥包和砖头在磨出老茧的同时，竟也在锻造着这个读书人的体质。

这种在建筑工地上打造出来的吃苦耐劳品质和皮实体格，在10多年后，程益中创建中国南北两大报纸时，显然起到难以估量的作用。

工地的生活终归是艰苦和枯燥的，此时的程益中并不知道自己在这里要待多久，不知道未来会怎么样。虽然他一度对泥水匠的垒砖砌墙产生浓厚兴趣，并跟着师傅学习，但他隐隐觉得自己的命运应该和工地上的老乡们不一样。

在老乡们抽烟打牌休息时，程益中还是喜欢独自拿起书本看。“你是读书人，不该和我们过一样的生活。”年长的工友时常半开玩笑地劝说程益中。

转机在建筑小工生活持续一年半后出现。在姐夫极力主张下，程家人取得共识，认为程益中是个读书的苗子，不应该继续在工地上混日子。至此，程益中重新回到学校念书。

“上大学，改变命运。”程益中的目标开始前所未有的明确起来。1985年高考，他考出了整个村庄历史上最好的成绩。

初入广州胆小羞涩

那一天，程益中在田里干活，听到邮递员在田埂边上喊收信。他已经意识到，改变自己命运的大学录取通知书来了。

程益中填的第一志愿是北京大学，同时听从父亲的建议在第二志愿选择了中国人民大学。程父说，中国人民大学毕业出来的至少是个县委干部。

不过，人生的际遇总有一些意外。程益中等到录取通知书，不是北京大学，也不是中国人民大学，而是邮递员也念不清楚的“中山大学”。

程家人废了点时间才弄明白这个“中山大学”，不在北京也不在南京，是在数千里之外的广州。广州，靠近资本主义世界的改革开放前沿，灯红酒绿，一个花花世界。程家人一度有些担心，因为那个地方的生活花销一定很大。

对于此时的程益中来说，即便安徽省会合肥也是遥不可及的地方，对于广州更是完全没有任何概念。1985年，20岁的程益中开始了人生中第一次出门远行。从怀宁县城坐车四五十公里到达安庆，在那里买了船票，乘船抵武汉。最后经过二十多个小时的火车，到达广州。

此刻，新的时间开始了，在这个安徽农家少年面前，一个崭新的世界徐徐展开。这里不再有漫山吆喝的放牛声，也无需埋头宿舍呼吸空气中的烂肉和臭脚味，这里到处是花花草草绿意葱茏。每个月还有二十多块钱的补助，程益中羞涩地喜欢上了广州。

大学新生入学第一课是"每个人必须用一分钟做自我介绍"。周一布置的任务，周五"执行"。这件事竟让初入广州的程益中在惶惶不安中度过一周，而且仍然没有想到合适的解决方案。

当站在全系三个班一百多个人的大教室前头时，程益中感到从未有过的紧张。这个有着放牛娃、建筑小工多种经历的男生，唯独没有在这么多人面前发表过讲话。心跳"砰砰"，脑子里一片空白，甚至想找个地洞立马钻进去。程益中艰难地做完自我介绍时，甚至不知道自己都说了些什么。

许多年后，他在记得自己当时表现很糟糕的时候，也依然清晰记得那时身旁坐着的一个女生，城里娃，胆子大，自我介绍时噼里啪啦，妙语如珠。

毫无疑问，这件事情极大地刺激了初入广州的程益中。在大学里，他开始有意识地训练自己。

"我其实是一个天生胆小、羞涩的人。"若干年后，名满天下的程益中这样描述自己时，已经有很多人都不敢相信。

要知道，到2003年，在《新京报》宣布成立的动员大会上，程益中对着1300多名员工的演讲何等慷慨激昂，何等诗意挥洒，何等气势如虹。

"这一回，时间真的开始了！历史真的开始了！

152年前，亨利·雷蒙创办了《纽约时报》。126年前，尤金·迈尔创办了《华盛顿邮报》。85年前，邵飘萍创办了《京报》。54年前，《光明日报》和《南方日报》诞生在新中国的拂晓和黎明。4个月前，"光明”和“南方”一见钟情。3个月前，“光明”和“南方”共偕连理。3天以后，11月11日《新京报》横空出世……”

这场饱含激情的演讲持续了两三个小时，全场热血沸腾。

不过，程益中一直认为自己是一个不善言辞的人。他说，你的谈话水准，最核心是由听众来决定的，但一个人的语言表达能力是可以通过严格训练来提高的。

虽然程益中从小学到初中一直担任班长之职，但从高中开始，这个农家子弟，便下意识排斥学生干部之类职务。而程父一度曾希望儿子去读中国人民大学，然后回乡进县委当干部。

从安徽农村走出，到广州中山大学的美丽校园里，程益中依然未变。他没有参加学生会，也没有在班里谋个一官半职，但凭个人兴趣参加了文学社和书法社。他喜欢听各式各样的讲座，喜欢探讨千奇百怪的新观点、新学说。

他更喜欢逃课到图书馆看闲书，或者去看电影。1980年代极负盛名的“走向未来丛书”、“五角丛书”都在程益中的涉猎范围之内。彼时中国高校，正刮着一股强劲的西方哲学热风。程益中选修了西方哲学史的课程，并流连于叔本华、尼采、海德格尔、卢梭等人的作品中。

此后，喜欢思考形而上的习惯一直伴随着这个中文系的高材生。

崇尚自由、张扬个性的风潮席卷着1980年代的中国大学校园。程益中也不例外。他喜欢跳舞，喜欢穿喇叭裤、戴蛤蟆镜，甚至一身流行风格回到老家并不惧乡亲指点。

程益中的个人城市化很快，在大学校园里还自学会了拉小提琴等乐器。到大学后期，这个来自安徽农村的大学生再次十分明确了个人目标：毕业后留在广东某个城市。此时，父辈曾冀望的回老家光耀门楣的思想，在程益中内心已经风卷残云。

作为中国改革开放桥头堡的珠三角，那满目繁华生机勃勃的氛围吸引了程益中，这无疑比回老家安徽要有更大的诱惑力。这时的中山大学也刚好摒弃了传统的“毕业生发回原籍分配”的就业分配政策，采用用人单位和毕业生供需双方见面的双向选择方式。在改革开放中先行一步的广东，此时已然将人才视为一种自由流动的商品。

由此，程益中的就业选择更加从容。东莞公安局的女局长来到中山大学中文系，要物色一个笔杆子，局里一直没有正规的大学生，枪杆子的单位缺少弄笔杆的主。程益中被一眼看中。女局长放出豪言，来我们这吧，前途一大把。此时的东莞，制造业经济蒸蒸日上，是1980年代珠三角迅速崛起的一个城市，位列“广东四小虎”之首。

程益中满心欢喜，决定投身东莞公安局。但就在供需见面会后回宿舍的路上，他的命运轨迹发生了变化。

他被一个同学拦住告知，班主任有事找他。程益中敲门进了班主任李伟江的宿舍，见到一个陌生人。这个陌生人用奇怪的眼光在上下打量他。很快，程益中弄明白，陌生人是《南方日报》的人事部部长，正来中山大学想找个作家苗子做文艺编辑。班主任立马推荐了程益中，他欣赏这个学生的文学才华。

这是一个令人惊喜的意外，1980年代的《南方日报》招人并不多，能进去工作的中山大学毕业生凤毛麟角。此前程益中根本想不到自己能进入这个文化单位。但当天，这个长相机灵的文艺青年迅速被《南方日报》的人事部长相中。

对东莞公安局、省委机关报两相权衡，程益中毫不犹豫地选择了后者。

“那是培养作家的单位。”读中文系的学生，或多或少做过云一般的作家梦。

文弱书生原来凶猛

1989年6月，南粤大地最老牌报社——《南方日报》的文艺部编辑们，发现办公室里来了一位年轻人。这个刚毕业的大学生身材瘦削单薄，但眼里透出英气和才华。

文艺部已经好多年没进大学生了，办公室里都是一些资历很深，在广东文坛上赫赫有名的老编辑们。新来的程益中在办公室里显得分外惹眼。让老编辑们首先感到满意的是，小程待人彬彬有礼，端茶送水非常勤快。

程益中迅速融入文艺部的氛围，设想着自己有一天能写出第一流的文学作品，然后成为一名“牛鼻”的作家。

不过，文艺部的作家苗子也是和所有进单位的新人一样，免不了要下基层锻炼。半年多后，《南方日报》派程益中去湛江做驻站记者。湛江位于中国大陆最南端的雷州半岛上，西靠北部湾，南出太平洋，与海南岛隔海相望，是近代兴起的一座海滨城，也是中国首批对外开放的沿海港口城市之一。

程益中暂时搁置了作家梦，全身心投入驻地新闻报道，很快在这个南海边的城市风生水起。他采写了很多猛料，如当地发生的宗族械斗、官员大建私宅等社会问题，在《南方日报》上大篇幅发表。这个文艺部的作家苗子，一时成为报社当时最多产、也最有进取心的记者之一，同时也触怒着地方官员们。那时，作为省委机关报的驻站记者通常在地方享受着不一般的待遇，地方官员一方面需要拉拢省报记者以少做或不做对他们不利的报道，另一方面也希望通过记者之笔给自己的政绩吆喝添花。

很多年后，程益中回忆往事依然很庆幸自己在驻站时没有沦为吹鼓手。

而通过大篇幅暴露地方官员丑闻类报道，程益中的名义开始进入《南方日报》领导层的视野。在湛江驻站一年多后，重回《南方日报》文艺部任责任编辑的程益中，已然在报社内小有名气。

作为广东最老牌的报纸，《南方日报》在1980年代末到1990年代初期，随改革开放大潮大搞多种经营，投资房地产、保健品、招待所等多个领域，但没挣到钱，反而亏进去了报社多年的积累。面对同城的《广州日报》、《羊城晚报》在市场上的咄咄逼人，省委机关报《南方日报》开始筹划新创一份市场类报纸谋生。《南方都市报》应运而生。

在文艺部崭露头角的程益中此刻正往作家之路上狂奔。他根本没想到报社筹划新办的这份市场类报纸跟自己有什么关系。

到1994年10月，程益中的路径发生了历史性转折。他被抽调去任《南方都市报》筹备小组副组长，负责创办《南方都市报》的所有文案及规划设计工作，后来又出任《南方都市报》副主编主管采编。“完全没有思想准备。”程益中愕然。这个孤身入广州的安徽农家子弟，在人才济济的《南方日报》内，并没有特殊的高层关系，甚至也不认识报社领导。

不过，程益中忘记了自己在若干年前埋下了重要的“关系”。此时出任《南方都市报》筹备小组组长的关健是《南方日报》社会生活部的主任，十分欣赏“小程”的才华。早在程益中驻站湛江的时候，便主导刊发了这个新记者的大量稿件。

在《南方日报》内，不少老资历的编辑记者中层干部对程益中的评价都是:“做事认真踏实。”这也许也是当报社筹划办新报纸之际，29岁的“小程”能脱颖而出的原因。

受命之下，程益中研究了当时国内外的市场类报纸，尤其重点关注了国内新兴的都市报。他写下了一万多字的“《南方都市报》基本法”，探讨如何才能让这份还在孕育中的新报纸超越其他所有报纸。

他甚至亲自设计了新报纸红黄两色的报头。报头他选择了古老的魏碑字体，刚劲雄强、气象浑穆。这代表了他对这份新创报纸的追求理念：这份报纸应该成为一座丰碑，它应该有风骨、有风度，让人肃然起敬。

程益中初尝创业的激情，一发不可收拾。尽管《南方日报》给他提供的公寓就在办公室附近，但程益中常常在办公室里彻夜加班乃至就地睡觉。他妻子抱怨说，有时候会连着几天见不到他人影。这对夫妻刚刚生了个小男孩，但最让他宠溺的还是他的报纸。

可是29岁的副主编并不太好当。在《南方都市报》创办初始，第一年挂账经营亏了800万，很多质疑潮水般涌来。在《南方日报》的干部大会上，讨论《南方都市报》议题时，程益中受主编关健的委托谈《南方都市报》的情况。

这位年轻的副主编站起来只说了三句话，却三次引来哄堂大笑。

他说:“我认为我们现在要思考的问题，不是《南方都市报》在广州激烈的报业竞争中有没有生存必要和生存空间的问题，而是《南方都市报》该如何尽快成为广州报业老大的问题。”哄堂大笑。程益中接着说:“只要我们坚持自己的报业理念、编辑思想和管理制度，我敢说就不是《南方都市报》会不会成为广州某报、羊城某报的对手的问题，而是广州某报、羊城某报会不会成为《南方都市报》对手的问题。”继续哄堂大笑。

程益中涨红了脸，依然没有理会，又说：“可是大家一定要明白，在热闹的马路边栽树，绝对不能栽小树，绝对只能栽大树。《南方都市报》必须要有足够的投入，一开始就是参天大树，而不是一脚就可以踩死的小苗……”

这一次他的话音未落，就被哄堂大笑淹没了。

全场七八十个人，鲜有人能意识到这个从放牛娃走来的年轻人是何等倔强，更没有人预料到在他的带领下，《南方都市报》会到达一个什么样的巅峰。

那时候，程益中喜欢给人兜售一个关于赛跑的故事。

他说广州现在是三个人在万米赛跑。第一个是《羊城晚报》，已经跑了八九千米，无论发行量还是广告量，多年雄霸中国报业龙头地位；第二个是《广州日报》，也跑了七八千米，上升势头还很强劲，如日中天；第三个就是我们《南方都市报》，刚刚趴到起跑线上。现在的问题是，我想当冠军，这该怎么跑？答案只有一个：换一个规则跑。如果按照原来的规则跑，我们争第一应该说是不可能的，但是如果我们按照自己的方向和方案跑，就一定有可能。

语录

这就是我解决办好这张报纸的一个小小的窍门、一个大大的秘密。原有的中国报业殿堂没有我们的位子，我们只好建造一个殿堂供奉自己。

“这就是我解决办好这张报纸的一个小小的窍门、一个大大的秘密。原有的中国报业殿堂没有我们的位子，我们只好建造一个殿堂供奉自己。”

此时，程益中的新闻理想主义和办报野心，完美融合在一块。在报业竞争的丛林里，这个文弱书生和他的同仁有其异常彪悍和凶猛的一面。最初的《南方都市报》，正是以草莽之气厮杀于江湖，杀出一条血路。

到2000年年底，《南方都市报》日均发行过百万，一举跨入百万大报行列，并以全年2.6亿元的广告额彻底颠覆了广州的报业格局。此时的《南方都市报》才刚刚进入改日报后的第4个年头，报纸版数就已由最初的16版一跃扩为80版。

4岁的《南方都市报》豪气冲天地宣言，将与《广州日报》争夺报业市场头把交椅的位置：

"台上只有两个人，因为这是决赛。从来只有两人争夺冠军，我们站在这里。"

报业巨擘身陷囹圄

《南方都市报》在突飞猛进之际，大举招兵买马。大江南北江湖各路豪杰，相约南下，聚集在《南方日报》大院。英雄不问出处，上下无分等级，是这个报界后起之秀走向牛鼻的法宝之一。

而作为广东省委机关报驻地的《南方日报》大院，对于没有干部身份或者名牌大学毕业证的人，一度是很难进门的。

《南方都市报》新招的记者被统一安排在大院内一处宿舍暂住，但出入都经常要被保安盘查登记。一个老家是江西的记者，初入职《南方都市报》，带着老父亲一起住在南方大院的宿舍里。老人刚从农村出来看儿子，衣着普通，满口乡音，在南方大院的门口被保安拦住，不让进来。作为《南方都市报》记者的儿子前来理论，也未能带父亲进大院，父子俩被保安推搡。

双方发生激烈争吵。这名记者直接打电话到程益中那求援。

时任《南方都市报》副主编的程益中正在吃饭，听到消息，把饭碗一撂，立即跑去为部下解围。

不想，这南方大院的保安甚是彪悍，对程益中的交涉也毫不理会，甚至出言不逊，当场还推搡老人。部下屡受保安恶气，程益中早就心怀不满，忍无可忍，当天终于大爆发。一边是偏见，一边是长期对偏见的不满。主编和他的几名记者遂群起把保安们揍了一顿。

终出了一口鸟气，不过保安队长告状到社长那。程益中被社长找去一顿臭骂，领了处分："你一个处级干部，还和保安打架？"至此，程益中为员工事情带头和保安打群架的故事也在江湖上传出。程益中认为，这个事情其实反映了在《南方都市报》创办早期，《南方日报》大院内，一种老的体制和一个全新体制的冲突。

有人说，身材不高的程益中有着一种天生的威严感，眉宇间到骨子里都有一种领导的权威。而对于程益中的很多部下来说，程益中在生活中更是一个可亲可敬的兄长。

在广州初尝成功之后，2000年《南方都市报》大举进入深圳。这一年《南方都市报》借用恺撒大帝的豪言"我来了，我看见，我征服"作为年度口号，尽显迅猛的上升势头和攻城略地的勃勃野心。深圳成为《南方都市报》继广州之后苦心经营并取得重大成功的另一重镇。这份报纸也迅速将在广州培育的精神气质移植到深圳团队。

其时已是《南方都市报》总编辑的程益中，经常一两个月就会带广州总部的一大群编辑来看望在深圳开拓的众记者。并且，每来必请客，每请必有人醉。欢乐精神，与其理想气质一样，都是这个朝阳媒体骨子里的一种东西。

程益中酒量并不大，但经常和记者们喝得脸红耳赤。

若干年后在新闻记者圈声名鹊起的傅剑锋当时还是《南方都市

报》深圳团队的一名新闻小兵。他回忆，最开心的一次喝酒是在深圳荔枝公园的湖边小酒吧里。三四十人，桌子一字儿排开，拿上来整箱的葡萄酒与啤酒。把酒临风，地王大厦的射灯、都市的霓虹与天上的月光，几乎都一收于湖中倒影。差不多所有的人都喝醉了，有唱歌的、有倾诉的、有哭泣的、有大笑的，这是一种肆意挥霍生命中的激情、浪漫、哀愁与欢乐的沉醉。

程益中也醉了，他斜靠在椅子上，望着湖面沉思。

然后他抬头问坐在周围的一些同事："你们知道人生中最有意义的是什么吗？"众人摇头。他微微笑了笑："超越自身的不可能性。"他又问："你们知道世界上最伟大的力量是什么吗？"众人摇头。他有些神情悠远："爱。"

此时的《南方都市报》和程益中都在努力超越自身的不可能性。

2003年，除了紧密布局珠三角各城市，《南方都市报》更把触角伸向北京。数百《南方都市报》精英北上创办《新京报》。"时间伟大得无法遏止，该来的总归要来。《新京报》一声嘹亮的啼哭，划破千年古都的沉静。历史开始了。"

在《新京报》成立大会的演讲上，程益中激情洋溢地说：

"我们决不做小买卖，我们决不办起点低的报纸，我们决不要成长的过程。我们栽下的是参天大树，不是一脚就可以踩死的小苗。我们不是来试水深水浅的，我们是有备而来的，我们来了就不打算走了……经过几代报人的努力，《新京报》必将成为21世纪中国最有影响力的报纸，21世纪中国最有责任感的报纸，一张与大国地位相称的报纸，一张承载着中国报人希望与梦想的报纸……没有什么力量能够留得住时间！没有什么力量能够止得住《新京报》这列呼啸而来的战车！"

一身兼任南北两大报纸总编辑，程益中奔走于京粤之间，统帅数千人的团队。

这个崛起于阡陌间的读书人一度对所做的事情充满历史责任感，喜欢站在历史的高度看待自己和同仁所从事的工作。他说，我感受到我们是在成为时间的一部分，成为历史的一部分。

这一年,《南方都市报》发行量突破140万份，广告收入超过10亿元人民币。

也就是在这一年，《南方都市报》刊出被收容大学生孙志刚之死案的报道，震动朝野。在报道刊出仅2个月后，国务院就正式宣布废除实施了21年的《收容遣送办法》。以地方小报姿态登场的《南方都市报》开创了用报道推动法制前进的先河。

在这前后，有关非典疫情的报道也让《南方都市报》赢得巨大社会声誉。

同年12月，程益中的同事、《南方都市报》兼《新京报》总经理喻华锋被捕。3个月后，程益中辞职，随后不久被拘留。

在看守所里待了5个多月后，程益中被无罪开释。

无怨无悔不喜不悲

马蹄声已经远去，硝烟已经散去，刀光剑影已经成为背景。2004年这一事件的发生，对程益中的人生路径产生了重大影响。

语录

经历此事之后，解决了我人生中的一个重大问题，过了一个大考。再也没有想不通的问题，再也没有什么过不了的沟坎。一切都不是挫折，一切都算不了什么。

程益中也花了点时间走出低谷。多年后，他还会在一个阳光明媚的上午，平静回首往事说：这件事情的发生对我来说，是一笔不可多得的巨大财富，是我人生中的一个造化。

“经历此事之后，解决了我人生中的一个重大问题，过了一个大考。再也没有想不通的问题，再也没有什么过不了的沟坎。一切都不是挫折，一切都算不了什么。过了这件事，每一天的每一点快乐，对我来说都是意外的，都是收获。这件事意外成就了我，使我的人生变得有意义和有价值。”

在沉寂约两年后，2006年3月，程益中离开广东到北京，出任《体育画报》中文版执行出版人。他在接受访谈时依然引用了若干年前自己的话：“过去是不存在的，只有未来。”在这次合约期满之后，他又出掌《东方企业家》杂志。到2011年7月开始，程益中再次南下，赴任香港亚洲电视高级副总裁。

在一些人眼里，程益中变了，没有了当年指挥千军万马的报业统帅之万丈豪情。

程益中很平静，他说，我从来没有在别人认为我很得意的时候很得意，也没有在别人认为我失意的时候失意。早在大学时代开始，程益中就喜欢思考人生、思考意义，曾经一度是叔本华和尼采的信徒。

在率领《南方都市报》狂飙猛进的时代，很多部下视程益中为《南方都市报》的精神领袖。这似乎是一个永远乐观，永远充满鼓动性激情感染同事的总编。而程益中却这样认为，他之所以常常要去激励别人，是因为自己常常需要激励。

“作为一个企业的领导人，我必须是员工的精神加油站，我自己都没油了怎么行！但我并不是一个积极的人。相反，我有时相当消极，相当悲观，甚至觉得人生真的很无聊，有那么多的苦难需要我们去承受。人生也有快乐，但快乐总是庸俗不堪。不幸的是，我是一个没有资格向别人展示低落情绪的人，一个需要一副坚定面孔的人。我之所以拨动别人的脉搏，是为了疗救自己的伤痛。我之所以要去点燃别人，是为了照亮自己。我要拯救别人，先要拯救自己。”

程益中甚至还曾公开直言不讳地剖析自己说：“有两个程益中，一个是青面獠牙的程益中，一个具有攻击性的程益中，这是被企业异化的程益中，我不喜欢他；一个是不具有攻击性的程益中，一个天生胆小羞怯之人，一个不比人坏也不比人好的小人物，一个好静的人，那就是我。”

2002年左右，一篇对程益中的专访刊登之后，他曾收到来自岭南一位著名大寺庙方丈的信函。信中说，访谈中能看出他有“佛缘”，希望程益中能“前来一叙”。

而彼时，程益中正创造着中国报业的历史性传奇，当然没有投身佛门。不过方丈慧眼，识出了满身光环的程益中骨子里有一颗归隐之心。但，这个归隐并非遁入空门，而是中国传统文化里的“出世”。

纵然如今，行走于南中国最繁华的深港大都会之中，程益中依然认定，他其实一直有一颗归隐的心，一个放下的心。这是骨子里，从小就有的情结。他说，很多时候做事，入世是为了出世。

“你的理想生活是什么？”

“不必为稻粱谋，看自己想看的书，做自己想做的事，走自己想走的路，去一些地方走走看看，写写字。跟自己愿意交往的人来往，对繁华可以完全忽略不计。”程益中说。

语录

在这样的时代里，没有比成功更恬不知耻的事情。我对这个时代充满挫折感的人，失败者失意者，都是很敬佩的。

不久前的一天凌晨，程益

中接到一个大学老师的电话。老师在电话里哭诉，在酒桌上和人大吵甚至打起来，因为他无法容忍有人攻击谩骂自己的得意门生——程益中。

个人的价值，在于对别人、对社会的价值，而不是简单的个人成功设计。一个人应当成为这个社会正能量的一部分。

语录

听着电话那边的大学老师号啕大哭，程益中却异常平静。

他给老师写了一个很长的短信说：我是一个什么人呢？恐怕不像老师你夸得那么好，也更不像那些人攻击得那么坏。但至少有一点我不作恶，有一颗知羞耻的心，不拘小节但大节守住，疏于人情但冷暖自知。

程益中鄙视世俗所谓的成功，鄙视不择手段获取的功成名就。他说，在这样的时代里，没有比成功更恬不知耻的事情。“我对这个时代充满挫折感的人，失败者失意者，都是很敬佩的。”

他依然认定，个人的价值在于对别人、对社会的价值，而不是简单的个人成功设计。一个人应当成为这个社会正能量的一部分。

如果关注程益中的微博，可能有人会认为这个曾从世俗成功巅峰走下的传奇人物现在十分失意或者愤世嫉俗。

“其实我愤世嫉俗的不是自己的境遇，而是对别人的遭遇感同身受。这跟个人生活是没有关系的。”程益中说，“其实，我自己活得还是挺幸福的。幸福是过上你自己想要而不用太累的方式来获得的一种生活方式，更多时候来源于一种心理体验，甚至是一种态度。”

2012年3月，入职亚视仅半年的程益中挂印而去。

他发微博说，鉴于自己与亚洲电视主事者观念及风格迥异，道不同不相为谋，已决意请辞亚洲电视高级副总裁之职。

“冒险而来，犯难而去，无怨无悔，不喜不悲。”

人物简介

朱德付，男，1963年5月生在江西，祖籍安徽。中山大学文学硕士，中国资深媒体人。朱德付曾历任《南方周末》编委、《南方都市报》副总编辑、《信息时报》总编辑、《京华时报》副社长兼总编辑、《中国周刊》执行社长兼总编辑等职务。2010年3月1日，朱德付加盟阿里巴巴并出任阿里巴巴集团副总裁，同时担任阿里巴巴集团多媒体事业部总经理。

同题问答

问：理想是不是骗子？

答：不是，因为所有的人都要交学费，没有梦想才会步入歧途，因为你都不知道走向哪里。

另外，对年轻人来说，你没有梦想就没有年轻过。

朱德付：没有理想就没有年轻过

很朱德付，这是一个与传奇、英雄牢牢挂钩的名字。

从《南方周末》、《南方都市报》到《信息时报》、《京华时报》，在纸媒“光荣与梦想”的时代，在这些演变过程中最有标志性的媒体，朱德付不仅是见证人，更是直接推动格局变幻的弄潮儿。

在很多人眼里，朱德付出走阿里巴巴，标志着传统媒体个人英雄主义时代的结束，也象征着传统媒体日渐式微、穷途末路。可不论如何，任何一个人若要回望近20年来中国媒体的发展，朱德付已是一个有意味的符号。

“一个人能够从自己事业的巅峰自由选择退出，这是很多人渴望而无法做到的事，它需要勇气和智慧。”这是好友对朱德付的评价，也是朱德付在一次次激流勇退中，谱写的多样人生。

初入《南方日报》当校对

1990年，毕业分配到《南方日报》的大学生只有4个。在这4个人中，有1名复旦的本科生，1名暨南大学的本科生，还有2名中山大学的研究生。时年27岁的朱德付便是其中之一。

按照《南方日报》的传统，朱德付那批毕业生先在校对室做了3个月。之后的时间里，他先后去了农业部和社会生活部轮岗。在社会生活部办公室里，他遇到了另外3个同事。一个是关健，当时是社会生活部副主任，后来创办了《南方都市报》；一个是张建平，后来担任《海外市场报》总编辑、《南方都市报》第一副主编；还有一个是江艺平，《南方日报》年轻人亲切称为“江大姐”的传奇女性。

在报业的黄金年代到来前，朱德付等人的才华尚未显山露水。1991年，创刊已7年的《南方周末》进入“七年之痒”，预备从4版扩至8版。广州总部需要人手，便在社内点兵点将，将朱德付等驻站记者召回参与扩版大业。

当时的《南方周末》还是一份花边小报，内容以报道影视歌星为主，发行量在18万份左右。朱德付那拨儿受命回广州的同事，并未料及《南方周末》在之后的规模和影响，只将这视为一次普通的工作调动。朱德付当时在江门记者站才呆了3个月，“刚混熟找到感觉”，起初并不愿意回来。

朱德付遇上的这次改版，是一场改变《南方周末》命运的大手术。从版式开始，除了版面增加，扩版后的《南方周末》开始尝试大特写，渐渐将主体内容定位为调查性报道。这场手术后，《南方周末》由原初的3毛提高至5毛一份，但发行量却不减反增，短短两三年间，《南方周末》的发行量就超过了100万份。

20世纪90年代中期全国风起云涌的周末报热潮退后，如今，《南方周末》已成了硕果仅存的周末报。它在中国报业进步中所扮演的角色和取得的历史地位，至今仍令人尊重。

乱世英雄起四方

“都市”是怎样一个概念？

20世纪90年代初，广州时任市长提出，要将广州打造成“国际化大都市”。但对于“都市”到底意味着什么，当时却鲜有人说的明白。1994年，《四川日报》创办《华西都市报》，首揭都市报的大旗，从此，中国新闻业走进都市报时代。

《南方都市报》在1997年正式发刊前，已先期酝酿了两年，关健带着程益中等人以周报的形式试水。正式出刊后，报社充实了《南方都市报》编委会班子，朱德付由《南方周末》编委调任《南方都市报》副主编。

关健、程益中、张建平、张志光、谭军波，还有朱德付，这是当时的编委会成员。当时由程益中分管编辑部、要闻中心，谭军波分管专题，朱德付分管记者。

创刊之初，报社内少有人看好这张都市报的前途。不少人心中根植着的“大报情结”，更让愿意加盟的内部采编寥寥无几。走投无路时，广州城中村里潜藏的流浪记者群体，便构成了《南方都市报》最早的采编团队班底。

这帮流浪记者，自从《南方都市报》创刊后，作为一个历史现象彻底消失掉了。这群流浪记者来历不明，《南方都市报》将他们逐一招安，后一网打尽。当时社内有人评价这一拉竿子行为时，用了8个字，“藏污纳垢、招降纳叛”。

在刚刚起步时，《南方都市报》仅20余个版，总共不到100个人。而这群入侵的流浪记者，着实给原先谨慎恭敬的党报机关带来了一股格格不入的江湖气。“流浪记者当时进南方报业是很恐怖的，像鬼子进村一样，留着大胡子，剃着光头，行迹非常之可疑。我们有时连报社的电梯都不敢坐，担心社内同仁以异样的眼光看我们这帮人。”朱德付回顾道。

语录

我们这代媒体人所亲历的“光荣与梦想”的时代已经一去不复返。一个时代就这样渐行渐远，都快看不到它的背影了。

如果要比较《南方周末》和《南方都市报》，前者是确立了报社的品牌，树立了启蒙、正义、良知、理想的大纛，但后者则超越了传统体制，做到了颠覆性创新。在用人制度上，朱德付与其他管理层，率先运用起泰勒考核，实施计件工资制：管理层对每一篇稿件的质量进行评定等级，每一等级拉大差别，“完全抛弃了体制中的大锅饭，多劳多得，优劳优得，这极大地激励了采编的工作积极性”。

在内容上，《南方都市报》创刊初期也不得不走博人眼球的路线，题材从男盗女娼到杀人放火，包括后来红极一时的“变性丽人”——“我们一开始哪知道同志、变性是怎么回事啊！但为了《南方都市报》的生存，也是极尽渲染之能事。”朱德付回忆，由于读者反映意犹未尽，“变性丽人”的连载最终还出了单行本随报附送。

这样的报纸，在当时获得的负面评价自然要远多于褒奖和称赞。《南方日报》时任社长有次开会时总结道，“《南方都市报》在3年内犯下的错误，比《南方日报》50年的错误还要多。”但在朱德付看来，这过程如同大浪淘沙，是必经之路。

“你不得不野蛮生长，因为江湖已经不是过去的江湖。为了生存，为了让读者接受，都市报刚开始的时候只能野性十足。你想温文尔雅，但市场不吃这一套。”朱德付说。

当《南方都市报》的口号从“不看不知道，一看吓一跳”之类江湖风，一步一步发展到现在“办中国最好的报纸”的追求。朱德付和他的同仁们不仅在见证历史，更在改写历史。

“现在回头看，都市报顺应了历史潮流，把握了时代脉搏，但当时生死未卜徒有豪情。因为没有前车之鉴，没有经验可循，只能是乱世英雄起四方，有枪就是草头王。”

都市报非南方报系首创，但《南方都市报》是全国都市报的标竿。这是南方报人的骄傲。

离开《南方都市报》后，朱德付又到《南方日报》任职机动记者组组长，之后受命创办《南方日报》出版社。后来由于出版触碰敏感话题被下课，朱德付离开南方报系，投奔报业枭雄黎元江，担任《广州日报》旗下《信息时报》总编辑。

这段时间并不长，因为他人生的主舞台将迁址首都，并掀起一场北京报业的王者之战。

血洗北京报业

时代跨入21世纪，广州的报业市场已经白热化，格局基本成形。自《南方都市报》横空出世，以岭南之大已无人能够撄其锋芒。

“我们到全世界任何一个国家看当地的报纸，除了意识形态的差异，就技术层面而言，无论什么都不比我们强多少。在当时的历史条件下，在广州，南方报人已经把都市报玩到了山穷水尽。”朱德付心想，如果要再创造中国报业奇迹，首都才真正是用武之地。

老同事好友谭军波摸过北京市场后，邀请朱德付北上考察。朱德付受邀后立刻动身，之后痛下决心，与谭军波联手投身《京华时报》的创建——那是2001年，朱德付离妻别子，来到北京。这场新战役，注定是成王败寇，不能回头。

当朱德付和谭军波一路北上，所有人都觉得“南蛮子进京”只会在首都死无葬身之地，但他们偏不信这邪。刚到北京，朱德付每天都会买上所有的北京报纸加以分析。在他看来，北京当时很多报纸不能称为报纸，只能说是长得像报纸的杂志。

“北京虽然有很多报纸，但缺少一份北京市民爱看的报纸。北京报纸重副刊轻新闻，严格而言，北京没有一份真正的新闻纸。”在设计《京华时报》编辑大纲时，朱德付提出让报纸“回到新闻纸”的理念，即生产并刊发大量新闻。他将《京华时报》的目标定为：办一张北京人真正喜爱的都市报。

“我们来的第一天就知道，我们一定会血洗北京报业。”朱德付回忆说。

创业绝非易事，《京华时报》在起步时除了四个字报名，空无一物。曾在《南方都市报》管理过“流浪记者”的朱德付，继续延用《南方都市报》那套招人模式，在江湖上海捞“牛鬼蛇神”。他心里想：不能超越的话，能够复制一个就可以了，做成京版《南方都市报》也行。

大学本科以上文凭、年龄在25岁以下。要求不高、条件不多，《京华时报》用4天时间招了112个人。在招进的采编团队中，80%的人不懂得电脑录入，一半以上的人没见过电脑，文笔更是不得要领。由于不少采编没有从事日报的经验，正式出版样报那天，记者找不到编辑，编辑找不到记者，采编平台上一片兵荒马乱。

由于没有办公的地方，朱德付就找了个部队训练这些虾兵蟹将。白天军训，晚上学习，培训两个月后，开门办报。在创刊初期，朱德付曾硬性规定每版至少要有“10+1”条信息容量，严禁长文。

这种短平快的海量信息，被认为是《京华时报》创刊时的杀手锏，但这也让幕后的朱德付深受其累。有人曾比喻，当时朱德付的生活状态是一幕广告剧，其名为“《京华时报》——工作狂的精华时报”。剧目场景是办公室，时间是夜半三更，道具是大样和香烟，动作不过翻阅与吸烟两个。而朱总编，每天只睡四五个小时。

在创刊初期半年，朱德付曾评价《京华时报》“记者不像记者，编辑不像编辑”，报纸“幼稚得可笑，惨不忍睹”。2001年5月28日，报纸以32个版创刊，连样刊都险些流产。但很快，这一团队就完成了“从不像到像到可以到好”的过渡和成长。

在创刊4年之后，朱德付将采编经验、准则、思想整理成《采编管理基本手册》、《理念与方法》两本书籍，供采编内部交流和执行。《京华时报》以内容为王，从贴近市民的口碑做起，在京城扎稳了脚跟。

另一方面，在“魔鬼发行人”谭军波的助推下，这张5毛钱的“民工报”很快在北京报业市场攻城掠地。用3年的时间，《京华时报》基本把北京所有5毛钱的早报彻底打垮。5年后，《京华时报》在北京早报的零售市场已占据接近8成的份额，成为了北京都市报发行量最大、影响力也最大的一份报纸。

这是中国报业史上是绝无仅有的奇迹。

2003年11月，《南方都市报》和《光明日报》合作创办《新京报》。当程益中带着一队《南方都市报》人豪情北上，这群南方人终于在北京会师。纵观现在北京报业市场,《京华时报》和《新京报》平分天下,已经彻底改变了北京纸质媒体整个的历史格局。

“传媒北上，并大获成功，这是南方报人对中国传媒进步和发展作出的巨大贡献。”朱德付说。

朱德付曾提出“百年京华”的口号，希望这份报纸抱定平民精神走过百年，让所有京华人呕心沥血的事业能够成为百年大计。但最终，他还是以一纸辞呈将这份硕果轻轻放下。

对于这份一手做起的“民工报”，朱德付曾公开回应别人的调侃：如果一个民工一个月赚1000块钱，每个月要寄几百块钱给家里交学费，买口粮，自己留几百元钱穿衣吃饭……如果舍得每天花5毛钱买我们的报纸，《京华时报》就是他的精神家园。民工看我们的报纸，这不是我们的耻辱，而是我们的骄傲。

“我们不想趋炎附势，我们不想逢迎帮闲，我们关心底层百姓，和他们荣辱与共，我们的报纸为京城老百姓喜闻乐见，这正是我们至高无上的职业光荣。”朱德付说。

从事业巅峰退出

“《京华时报》原总编朱德付的离职，或许宣告传统报纸正在告别英雄主义时代；而所谓传媒业的冬天，或许也正是从内心理想的坍塌开始。”在得知朱德付离开《京华时报》的消息，朱德付的好友、资深媒体人朱学东在博客上煽情写道。

从事业的巅峰退出，有些人将朱德付的出走，理解成为公司政治所伤。《京华时报》背后的风云变幻，一时成为媒体圈内的八卦。但朱德付的姿态却走得漂亮，没有拖泥带水，也与一切口舌绝缘。

对朱德付来说，这显然不是事业使命的被迫终结，只是又一个新的选择。他觉得自己在报纸领域，已经触摸到了不可逾越的天花板，“既然我个人已经不能超过自我了，我干嘛还在这里蝇营狗苟，更多不可能、更多不确定的新事业，等着我们在有生之年放胆一搏。”

朱德付曾一度设想，如果可能，将办一份取向深刻的新闻周刊。在离开《京华时报》后，他就着手这么做了。

2009年，共青团中央主管的《中国周刊》面临改版，朱德付凭借其在传媒界的号召力，迅速打造了一支“梦之队”，5月5日正式创刊。

语录

我的理想很简单，就是希望有一天，知我罪我者都会中肯地说：这个平庸的家伙在平凡的一生中做了一些不平庸的事情。

在《中国周刊》的发刊词里，他写道：“我们不仅要让国人听到我们的声音，我们还要让世人尊重我们的声音。这，就是我们再造《中国周刊》的初衷——因中国崛起而新生，为民族复兴而命笔。”

离开原来立足草根的《京华时报》，朱德付这次将《中国周刊》定位为一本高端杂志，目标读者是“比较从容去生活、思考、行动的人”，希望能够影响社会阶层中的精英人物。

朱德付的期许是让《中国周刊》成为媲美《时代周刊》的杂志，“有人讲读完很硬、很辛苦，我觉得《中国周刊》的出发点并不是为了让读者读起来很轻松，因为它不是八卦杂志，也不是时尚休闲的读物，不是用来随便翻翻打发时间的。你拿起之后，就要细读，就要思考，这是我们办这本硬时政杂志的初衷。”

这本《中国周刊》，朱德付曾说这是传媒职业生涯的最后一个梦想，对之寄予厚望。与其说这是朱德付的一份新事业，倒不如说这是他派给自己的使命——不断在新领域内挑战自我。拒绝被世俗化、平庸化，是朱德付选择背后的基调。

现在，改版后的《中国周刊》已成为最快崛起、占领中年读者市场的时政刊物。走到哪里，火到哪里，成了朱德付传奇的批注。

看看资本家到底在干嘛

“现在回头想，当时是不是有点书生意气，但是该走就走，该放下就得放下。放下了以后我们可能什么也没有，但可能又重新拥有了很多，谁知道呢？”朱德付的每一次转型，都可谓在功成名就时全身而退，但他加盟阿里巴巴，还是让不少人跌了眼镜。

2010年初，坊间消息传来：朱德付即将就任阿里巴巴集团副总裁以及新媒体事业部总经理。作为那一代传统媒体人的代表之一，朱德付的跳槽引来热议：一个从来没有在淘宝上购物过的传统媒体大佬，如何玩转新新人类的娱乐杂志？其余人则感叹，朱德付加盟阿里巴巴，或许是传媒业新旧融合的里程碑。

“老马找我谈后，我就有了去尝试一下的心态。”到了阿里巴巴后，朱德付非常震惊：很多传统党报做了60年，一年的实际收入也就几个亿，淘宝网一天的交易额就有几十个亿，一年的广告收入上百亿。“现在中国已经是互联网的时代，传统媒体江河日下已经不可逆转。我们做传统媒体几十年，我们所在的党报集团已经是中国最优秀最成功的巨子，但很多互联网公司几年就超过我们的规模。我们要适应这个历史趋势。”

语录

不能说一张报纸独家的就是好的，独家的垃圾还是垃圾。在同质化的过程中，关健在于把每一条新闻、每一个版面处理好，魔鬼在于细节。

各种声音尚未落地，朱德付已经动身杭州。他的号召力再次为他带来精兵猛将，他们在杭州的益乐路上安营扎寨，热火朝天地操办起《淘宝天下》和《天下网商》两本杂志的内容和经营。出奇制胜是朱德付这一次的法宝：他不再沿用以往内容先行的传统媒体模式，《淘宝天下》的策略是先锁定读者，再按需印刷。

这一计划在首期发展了几百家战略会员，使得《淘宝天下》在56天内完成了5400万元广告销售。短短两个月，朱式奇迹再次上演：一本原先如鸡肋般的杂志，在56天完成原定全年30万册的销售指标，开始盈利。凭借淘宝庞大精确的数据库，消费者的需求一目了然。而开发的"淘代码"，也开创了一种全新的杂志广告营销模式。

从媒体到商业公司，朱德付将自己的社会定位，从"铁肩担道义"转为"分享新生活"，但不变的是"激情"和"乐观"。他仍旧如《京华时报》初创时期那样，经常在办公室呆到凌晨一两点，如果累了，就独自去西湖边暴走两圈。

来到互联网企业，朱德付笑言自己的初衷是要"看看资本家他们到底在干嘛？"

"现在看来，虽颇多不易，我也觉得很有价值。因为如果不放下过去，我也没有可能在中国最优秀的互联网公司工作，更不可能在杭州这个天堂一呆就是两年。在西湖边吹吹风喝喝茶，这是人生非常难得而优雅的经历。"朱德付说。

新的时代开始了

在新媒体袭来的时代，朱德付想抓住岁月的尾巴去看一看互联网对纸媒的颠覆在哪里。去了以后，朱德付发现，这是一次全方位

语录

我们可以没有经验，但我们不能丧失激情。只有燃烧自己，才能照亮别人。

的颠覆。纸媒的时代过去了。不仅是告别了光荣与梦想，而是告别了这个时代。一个时代结束了，新的时代开始了。

在朱德付看来，纵观都市报十年历史，从1994年到2004年，这十年是个完整的章节，从《华西都市报》到《新京报》，就是完整的一个闭合期。“从上世纪90年代中叶到新世纪伊始，那是个充满浪漫情怀的时期，新闻人，尤其是南方报人非常有理想，非常有抱负，壮怀激烈，后来慢慢地就渐行渐远了。”

有一日，朱德付与龚晓跃在微博上感慨：为了现实的人得到了现实，为了梦想的人失去了梦想。朱德付说，真正从世俗的角度来讲，南方报人大都是失败者。“回头看那些蝇营狗苟者，他们最后取得了世俗的成功，有人升官有人发财。南方报人很多人为了理想而洁身自好、特立独行，最后散落在民间，一把年龄了还在为世俗的生存而百般纠结。回头一看，实际上是非常悲情的。”

但朱德付也坚持认为，不论如何，这群南方报人的风骨从未流失，他们坚持为荣誉而战。在一代一代的南方报人里，虽然也有犬儒主义者，但主流仍是壮怀激烈，胸怀理想。

“中国报业最具有冒险精神、能够放下过去一切得失，说走就走，勇往直前的，也只有南方报人能够做到。”朱德付认为自己的每次选择，实际上都带有南方报人先天的宿命色彩。

虽然已离开南方报业多年，朱德付的言语中还是带着深深的“南方情结”。“南方报业是一种气质，你很难用文字把它梳理清楚，但你身处其中会感觉大不一样。就像在中国读大学，最重要的是在哪个学校睡觉，跟什么样的人一起度过四年。至于到底是什么学校，其实往往并不重要。”

回顾过去的时光，朱德付说感谢这个三百年未有之大变局的时代，感谢南方报业对自己的培养，使自己有机会做了许多本来不可能的事情。等他老了，跟孙子辈吹牛的时候，还有点可圈可点的资本。

“希望有一天，知我罪我者都会中肯地说：这个平庸的家伙在平凡的一生中做了一些不平庸的事情。”朱德付笑言。

第二章

不拼爹元年

龚晓跃：高中文凭的报界大佬

中国报人高学历者比比皆是，但以高中生学历执掌过数家大报，当过兵，扛过枪的，唯其一人也。大隐隐于市，他隐在橘子洲头，三五友人，一壶清茶，笑谈清风明月。

刘原：从水电工到总编辑

白天做高尚喉舌，黑夜写“黄色”专栏。不风流不下流，就是有点“流氓”。他就是刘原，文人，性情中人，一个曾到处漂泊、十年辗转南方北方换了八个东家、自言没了故乡的人。如今，在湘江之滨，他打理着一份新锐的都市类报纸，躬身于一亩三分地，埋头于新闻理想。

生于1976

人物简介

龚晓跃，湘籍人氏，在南京紫金山下扛过枪，在广州瘦狗岭下写过球评，栖身传媒多年，曾操盘《新周刊》的“中国不踢球”专题，曾创办《南方体育》、《竞赛画报》并任主编，推崇并践行卡尔维诺式的轻逸。大隐于橘子洲头，曾担任《潇湘晨报》执行总编辑。现任《潇湘晨报》旗下杂志《晨报周刊》总编辑。

问题问答

问：理想究竟是不是骗子？

答：理想怎么会是骗子？以吾国吾民现时的状态来看，实在是除了理想剩下的都是骗子了。那些看扁理想的嘲笑理想的，无非都是所谓懂得逢迎时世的混子罢了。混子多了，就把平常的理想当做异常。这不是理想的问题，是世道的问题。

龚晓跃：高中学历的报界大佬

有无数个标签可以贴在龚晓跃的随身口袋上。湘人龚晓跃、文人龚晓跃、喜酒的龚晓跃、报人的龚晓跃、文艺的龚晓跃、身为人父的龚晓跃、极具才情的龚晓跃，等等，这些都是贴在他身上、用洗衣机也洗不去、撕不掉、扯不烂的永久性标签。

作为不同时期阶段性的标签，则分别有叛逆少年龚晓跃，高考数学得7分还是连猜带蒙的龚晓跃，扛过枪站过岗酗过酒打过架的龚晓跃，南漂住过农民房的龚晓跃，29岁担任《南方体育》执行总编辑“官”至副处的龚晓跃……在此不一一列举。

但，龚晓跃就是龚晓跃，不具有可复制性。从三湘大地攸县嗜好看书的乡村小少年一路走来，到成为执掌湖南最牛报业的职业报人，龚晓跃本身就是一个传奇，一个传说。因为他的高中生最高文化程度，因为他的能文能武、弃戎投笔，因为他高举理想这面大旗，牢牢插在湖湘报业文化的制高点，任尔东南西北风，红旗不倒，精神不死。

高考落榜

今年的清明节后，龚晓跃带着三岁多的女儿龚诺娃，从长沙下云南。在大理洱海之滨的小酒馆大排档，与一帮文化界、学术界、媒体圈的朋友，把酒相聚，对酒高歌，纵论国家大事、风花雪月，或正扯，或闲扯，无所不扯。

人文素养，恐怕是一介书生抑或一介报人所具备的基本涵养功底之一。“这恐怕得从我父亲讲起。”龚晓跃拂了拂垂到眼帘的长发，陷入回忆。龚晓跃祖籍江西樟树，清末迁入湖南攸县经营中药业。祖父龚柳生，克勤克俭，乐善好施。按龚晓跃的记忆，被乡党们称为“柳先生”的祖父正是一个标准的乡绅。父亲龚斌祥写得一手好文章，在县里摇笔杆子做干部。正直、坦率、固执、仗义，龚父因此颇有声望。有一事可见龚父的刚烈。因为工作上的事，龚父怒气冲冲一脚踢开主管副县长的家门，而该副县长正是提拔其有着知遇之恩的人。

小时候，由于父母工作忙，龚晓跃被送到公私合营后自愿去偏远乡村开药店的祖父母家。龚晓跃印象特别深刻的是，祖父母待人接物的通达良善。他提到，即使在“文革”中不得不接受批斗，祖父母在那个山清水秀的乡村仍然备受尊敬。农民家有人病了，找到祖父母，祖父母总是让他们先拿药，事后能还钱的还，还不起的，二老就从自己的工资里垫付了。

龚晓跃认为父亲是自己一生的偶像，从他留在乡下祖父母家的书开始，龚晓跃开始接受父亲的熏陶。在乡下的顽童们奔逐在田间小道捉蝴蝶抓泥鳅时，不到十岁的龚晓跃则安静地猫在一角，读他能在家里找到的一切书本，其中有《西游记》，也有《巴黎圣母院》。到了周末，他盼望父亲早点回来，听父亲讲故事是他最快乐的事儿。相对而言，他比同龄的少年早熟，家庭教育给他打开了一扇心智启蒙独立思考的窗户。

语录

羞耻感是人类最重要的美德之一，而我常常耻于自己不敢畅所欲言。

一直到初一，斯文秀气的少年龚晓跃都是老师们眼中的神童。到了初二，别的同学都在为考上重点高中认真读书，龚晓跃的心思却全都用在写东西方面。别的同学在听老师照本宣科，他则低头在看《百年孤独》、《外国文学选刊》、《普希金诗选》。在这个学期，他利用上课的时间，写出了一部电影剧本。

初二时他开始谈恋爱，如果称得上恋爱的话。现在回过头来，充其量，只是对异性懵懵懂懂的喜欢与好感而已。初三时他从家里拿粮票换烟抽，装酷。“最值钱的是全国粮票。”龚晓跃回忆道。高一时，他邀约同学偷偷摸摸在家开舞会。被人告发后，他鼓动参与的同学出逃，差点被校方开除。在那个保守的年代，开舞会可不得了，若是女同学家，走出去会被人戳戳点点，被当做潘金莲式反面典型，让父母都抬不起头来。但龚晓跃的父亲认为这并不算什么，他很欣赏儿子身上逐渐显露的写作天赋。

15岁那年，龚晓跃在当时很有名的《春笋报》发表了一组以他想象的圆明园为意象的诗歌，拿到23块钱的稿费。往后，他写的东西越来越多地变成铅字，他还领着一些有兴趣的同学做了一本油印的小杂志，在攸县几个中学的学生中传阅。很多人都知道有个叫龚晓跃的同学，有些调皮有些聪明，甚至有些另类，写得一首好文章，说着大家听不懂、不认识的外国作家名字，能背得一些经典名作名篇名句，却背不出圆周率几何。

1988年，龚晓跃结束了他的学生生涯。如父母意料的，他没有考上大学，但父亲没有责怪他。

时髦大兵

1988年，高中毕业没有考上大学的龚晓跃凭借写得一身好文章的手艺，被借调到县文联。县里当时张罗着《建国40周年》的策划宣传，就这样，他在县文联“混”了一年日子。一年后，他失业了。

一个大小伙子，老在家待着无所事事非长久之计。1989年年底，南京军区来攸县招兵，兵种不错，想穿上一身军装的，磕破头想找关系去参军。龚晓跃在没有征求父母意见的情况下去报了名。前来征兵的部队领导一下子喜欢上了这个头不高、文文弱弱的小伙子。虽然在严格考核下，他的视力不过关，但想想不用他扛枪打仗，当个报道员、通讯员用不着百步穿杨的视力，遂网开一面录取了他，让他去“扛”笔吧。次日家访，面对登门的部队领导，父母还不知道发生了什么。好在父亲是个开明人士，充分尊重儿子的选择，觉得让性格散漫自由的儿子当当兵，接受接受部队大熔炉的纪律训练，亦是磨炼人生的一笔宝贵财富。

部队大本营设在上海的沪东船厂附近，为陆军的水军，隶属于南京军区管辖。宣传报道倒是他的强项，屡有署名为龚晓跃的宣传报道登在部队内刊。在四年部队生活里，他的“战绩”可圈可点——荣获两次三等功。

从军这段经历，龚晓跃后来说与人听，友人多不相信。这哪像当过兵的前军人嘛，生性自由浪漫，从不谈及军事，又天马行空无拘无束。这四年部队生活辛苦积攒的换装费津贴，被龚晓跃陆续用来购置“装备”：一双进口彪马鞋花费800元，一件雪豹皮衣花了1300元，一台美能达相机花了9000元。在当时，这些“装备”可是时髦时尚的代名词，走在街头不用担心无人行“注目礼”。

同样是一笔不菲的积蓄，退伍后，龚晓跃的一位战友用这笔钱在老家盖了一栋两层小洋楼。对此，他只能理解为——每个人追求的东西不一样。在部队四年的锻炼中，他也犯过错误，比如酗酒，而酗酒之后理所当然的打架，至于打得赢打不赢，结果已不重要。优点明显的人，缺点也明显。优点多的人，缺点也多。

1993年，龚晓跃萌生退伍去意，并不顾部队领导的苦心挽留。领导许诺他若留下来，日后不久被必提拔重用。事实上，报道员这一角色，常年在领导身边转，很容易有机会被领导赏识得以重用。但龚晓跃去意已决。

退伍后，龚晓跃回到故乡。从哪里来，到哪里去，转了一圈后，他被安排到县审计局上班。这个差事其实也不错，但他没去。父亲找关系想把儿子弄到电视台，熟料台长不肯也不敢收，认为这小子又抽烟又喝酒又泡妞，来了估计难免惹麻烦。其间，龚晓跃和同学在株洲开舞厅开广告公司，都玩了个高兴，赔了个精光。父亲次年不幸患了癌症，于是龚晓跃回到家里，尽孝照料服侍父亲。

校对兼职写稿

按照“历史”记载，1994年有半年时间，龚晓跃都是晚上读书

语录 我们这个行业是一个高度人格分裂的行业，我每天所提醒自己的是不要分裂的太厉害。可以不高尚，但要抵死抗拒下流。

写东西，上午睡觉，下午上街打打游戏，逢周一周四则买份《足球》报。父亲则每天给他一包白沙烟另加十块钱。

玩玩打打不怎么务正业，但爱好足球的副业居然一不留神成了正儿八经的大业。龚晓跃对足球情有独钟，是十足的球迷，对《广州日报》办的《足球》报可谓每期不漏看得仔细。一日，《足球》报刊登了一则招聘记者编辑的广告信息，他提笔给严俊君总编写了封挂号信。他没有做报社要求的常规作业，只是以自己当时对写作的理解，在信里对该报三位主力记者做了两千多字的评析。洋洋洒洒2000余字，有观点、有批评、有想法，更表达了一个球迷爱好者渴望得到这份工作的梦想。一周后，严俊君总编收到信后，给他打了个电话，让他赴广州直接来试用。

生性聪明又一次帮了他大忙。寄来简历的应聘者多如牛毛，其中不乏高学历者。最后，倒是这个当过兵的高中学历青年成为唯一被录取者。录用理由无他：有才情，文字独具风格，有思想，有思考，不人云亦云。

父病重，不远游。但龚父甚是开明，对儿子说，必须去，并且永远不要回头。龚晓跃跪伏在父亲膝下，泪流满面。后来家族在长沙送别，他穿着棕色夹克，拎一只黑色旅行箱，怀揣两千块钱，拿着一纸试用通知，上了去广州的火车。当时，长辈们指责他太为所欲为，不努力留在上海，又不去上班。那个夜晚，龚晓跃记得，父亲对这些指责大为恼火，几乎与伯伯姑姑们怒目相向。

录取他后，报社并没有马上让他从事采编工作，而是让他一边干校对，一边业余写稿，当然，稿费照开。时隔数年，他依然记得加入《足球》报第一个月的高工资：5200多元。财务数钱数得心疼，惊呼抢饭碗的来了。

工资还没捂热，他就遵照以往的头脑发热的消费习惯，买了部摩托罗拉寻呼机和堡狮龙衣服。平时则没事包个KTV，和同屋的和仔——严俊君总编的侄儿、同乡的海浪——报社的电脑工程师，通宵达旦地看些破西片，日子过得有滋有味。“我们的宿舍在广州诗书路一条小巷里，那条小巷有个春天般美好的名字：七株榕。”

可惜好景一般不常，5000多元的月薪没拿多久，由校对改记者的兴奋劲还没过去，他就突然失业了。1995年6月某一天，龚晓跃刚写完足协杯的稿子，严俊君总编把他叫到办公室，用海南普通话拐弯抹角说了一大串报社长期超编、财务压力大之类云云。龚晓跃醒悟过来，直奔主题:“是要我走吧?”尔后转身离开，留给同事一个潇洒的背影。

对于这份工作，龚晓跃对自己持肯定态度——我肯定是个好校对。那会儿《足球》报管校对的是“正军师”，作为校对，他不但改错字，而且还改病句，还会理顺别扭的文字，甚至憋不住给几分文采。经他的手，往往记者的原稿不复存在，署名是别人，见报的俨然却是他的语言风格。

改稿的好习惯一直带到了《南方体育》。南方报业前掌门人范以锦曾在多个讲座论坛公开场合讲述同样一个故事：从前，集团下属一份报纸有个编辑，退伍军人，高中学历，喜欢对记者的稿件圈圈点点，甚至圈圈点点的字数比记者的原稿还多。后来，他做了部门主任。再后来，做了总编辑。他叫龚晓跃。

小妖当道妖言惑众

失业了一阵子，折返老家几乎不太可能，那将颜面尽失骨气全没。吃饱饭要紧。龚晓跃加盟了创刊不久的《新周刊》，打临工。在从一家媒体流浪到另外一家媒体没多久后的1997年，他再次失业。

彼时，他已奠定了一定的体育评论江湖地位。随后，他手书一份简历给时任《南方都市报》常务副总编的程益中。该报刚创办两年，办公地点设在《南方日报》采编大楼15楼。几乎没有什么悬念，龚晓跃投奔《南方都市报》而来，成为一名体育组编辑。

体育评论界名噪一时的“五文弄墨”，正是在龚晓跃人等的创造下，开创了一个新时代。从1997年开始，龚晓跃便开始在自己的版面上撰写体育评论，时任《南方都市报》新闻部主任的庄慎之也长期为体育版撰稿。1998年初，国际新闻编辑张晓舟调到体育组。龚晓跃、张晓舟等一帮年轻人用自己手中的笔开始了一种完全不同以往的体育写作，一头闯入了这个“看上去有点腐烂的行业”（龚晓跃语）。加上后来加盟的摄影记者钟宇辉，“五文弄墨”的六君子算是到齐了。

有必要提到，1997年《南方都市报》改版成日报时，每天有3个体育版。当时的体育组有4个编辑，分别是郭其龙、顾晨白、孙朝阳、龚晓跃，只有一个国内体育的专职记者何文宣。而且当年的硬件设施和稿件资源非常之差，没有电脑，没有网络，稿源匮乏，图片资源更是等于没有。孙朝阳到报社报到那天，领导说今天你就编一个版吧，没有稿子，你看着办。硬着头皮，孙朝阳自己动笔写了一个整版的利物浦稿件。身为编辑的龚晓跃也一样，自己写稿自己编，丰衣足食，自得其乐，支撑着体育部的正常运转。

1998年5月23日，这是一个值得纪念的日子，“五文弄墨”专栏正式开办，逢周六登场，由此开辟了国内媒体体育评论的另类先河。

“五文弄墨”以自由犀利的风格、自由散发的思想以及独特个性化的语言，造就了一种体育新闻领域的独特风格。这里，引用程益中在“五文弄墨”文集《你嘴上有风暴的味道》序言中的一段话来描述：文字的盛筵和语言的狂欢，就这样打开帷幕。五步一楼，十步一阁；闲庭信步，曲径通幽；满台摇滚，一地鸡毛；东邪西毒，神雕侠侣；旁敲侧击，暗度陈仓；排山倒海，摧枯拉朽；犯上作乱，离经叛道。一切权威，在“五文弄墨”那里，不过是皇帝的新装和大尾巴狼……六君子逃避崇高，拒绝伪善，蔑视权贵，笑傲江湖。他们半疯半傻，却身怀绝技；半儒半丐，却兼济天下。他们扩大了中国语言的可能性，改写了中国语文历史。

新生事物的诞生往往命运艰难，当时《南方都市报》在广州还没多少影响力，“五文弄墨”和《世界杯特刊》让《南方都市报》名声变大。在“五文弄墨”六君子看来，当年所做的往大了说，是革命，是一种破坏性的工作，最直接的结果就是打破了体育新闻圈内千篇一律、死气沉沉的局面；从新闻的角度看，“五文弄墨”不是真正的新闻改革，而是一种新闻表达方式的探索和尝试。

“五文弄墨”注定要被写进《南方都市报》历史，并大书特书。

“五文弄墨”之一、前《南方都市报》人钟宇辉有过一篇回忆录体的撰文《世界如此之小》。香港回归以后，钟宇辉打了一份零工——《现代体育报》编辑。这份刊号为CN44-012的报纸在1999年末的报纸整顿中被《南方日报》报业集团收编，2000年3月17日出版时的名字叫《南方体育》，2006年3月份改名为《南方都周刊》，并一直延续至今。把钟宇辉引荐进《现代体育报》的正是龚晓跃。龚晓跃那时准备从《现代体育报》投奔《南方都市报》，二人的相识是因为龚晓跃当时在《新周刊》兼职。1997年底时候，俩人合写了一本世界杯观战指南《决战法兰西》。

天河村有家川菜馆叫麻辣鲜，老板陈满仓，广东封开人，自学成才兼任大厨。为了上班和炒更方便，龚晓跃抛弃了同居的许绍连，邀钟宇辉一起搬到此。麻辣鲜很快成为他们夜生活的据点。那是一段穷开心的快活日子，痛吃海喝。1997年是龚晓跃大丰收的一年，在《南方都市报》崭露头角，在《新周刊》折腾出了“中国不踢球”专题，搞定了未来的、也是做同行的太太唐雁斌，并且在瘦狗岭供了一套83平方米豪宅。“这一切，兄弟们都在麻辣鲜的酒桌上一一见证了。”偶尔，曾和龚晓跃同居的兄弟许绍连骑着一辆疑似电单车的摩托车来凑热闹。

关于龚晓跃的《南方都市报》片断，《南方都市报》副总编崔向红在报社内刊《正经》中一篇《那时，那版，那人》有如下一段文字：“李民英是河南人，普通话带有家乡口音。那年（1999年），《南方都市报》颁发年终奖，老李在念名单时把龚晓跃念成了龚晓妖。龚晓跃是码字的‘大庆油田’，一时，‘小妖’当道，‘妖言’惑众。”

以有趣对抗无趣

在某种程度上说，没有“五文弄墨”的大获成功，也就没有《南方体育》的诞生，两者一脉相承。

2000年3月17日，《南方体育》一声嘹亮的啼哭，降临人世。龚晓跃被委以执行主编重任，以虚岁30的年纪，“官”至副处。

从创刊开始，《南方体育》在体育传媒江湖中就是以“另类”的姿态存在。其高举“体育娱乐化”大旗，给人眼前一亮的感觉。而在2001年推出甲A的“足球宝贝”，更是其巅峰之作。《南方体育》也由此确立了国内“三大体育专业报”之一的江湖地位。

短暂辉煌之后是危机四伏。由于经营方面的问题一直未能得到有效的解决，《南方体育》的自身造血和抗打击能力不足始终犹如

“达摩克利斯之剑”。2002年世界杯，《南方体育》走上了好大喜功地和竞争对手《体坛周报》、《足球》比拼资讯的不归之路，自此开始走下坡路。尽管该报此后的诸多策划依然不乏精品，但已失去了以往那种锐气。

2003年4月，《南方体育》还办了一份《竞赛画报》的杂志，虽然叫好，但其小众路线依然无法叫座，倒加重了《南方体育》的经济负担。2005年8月30日，《南方体育》出版最后一期，不零售，只供订户，最终的发行量只有5000份。从此，《南方体育》和球迷读者相忘于江湖。而此时，《南方都市报》如日中天，在南中国奠定了江湖大佬的地位。这一切，媒体圈有个比较一致的共识：程益中和喻华峰堪称一对黄金搭档，前者擅长办报，后者擅长经营，优劣互补。

“以有趣对抗无趣”，这是龚晓跃、张晓舟们曾经喊出的口号。但是五年过去了，口号从响亮变嘶哑最终熄火无声。尽管《南方体育》给中国体育传媒留下了一大堆具有范本意味的东西，但他们所坚持的“有趣”大旗还是对抗不过无情的冰冷现实。这样的结局很无趣。

《南方体育》的贡献在于，改变了中国传统体育报道的固有模式，率先提出了“体育娱乐化”的理念，并让此深入人心，就连曾经和《南方体育》打过笔墨官司的著名球评人李承鹏也承认：“现在中国没有哪个媒体的体育新闻从业人员敢说自己没有受到过《南方体育》的影响。”诚如斯言。

但是为何这么一份“有趣”的报纸却不能在市场上坚强地生存呢？为什么读者就不对他们买账呢？龚晓跃把《南方体

语录

我们的责任，是公众媒体与生俱来的属性，告诉我们一个正常的说话方式，在中国要谈常识是一件很艰苦的事情。像我们的传媒，其最大的任务不是传播什么先进的东西，而是传播常识。

育》死亡的原因归结于——日报和互联网的冲击。

有评论写道，“看着《南方体育》五周年的照片，看着依然作摇滚青年装扮，已不算年轻的龚晓跃，我似乎看到了他心中金戈铁马的理想，也似乎看到了他心中纠缠的无奈。”从本质来说，《南方体育》是一群文学青年的理想园，他们标榜着“跟他们不同”，但“不同”却让他们失去了大众。

在市场活跃的时候，大家把过多的精力耗费在了恶性竞争上，而没有进行良性的积累——《足球》总编刘晓新如是分析认为，恶性竞争使得专业体育传媒之间相互伤害，导致运作成本提高，一旦读者不买账，就只能自食其果了。

作为《南方体育》掌门人，龚晓跃一直提倡，“不做消息供应商，而应做观点供应商、表达方式的供应商”，所以《南方体育》从创刊开始就异常重视言论。不管是首席评论员张晓舟的怪诞球评，还是刘原、方枪枪等人的专栏，都具有鲜明的风格，而且文字读来给人一种快感。这也是《南方体育》五年来持之以恒的魅力。《南方体育》版式最大的优势就是版面。《南方体育》的封面往往选用极具冲击力的大照片，而且以美女为主，牢牢抓住人的眼球。在内页版面的设计上，《南方体育》也非常养眼。《南方体育》所遭遇的第一次“挖角”风波就是从美编开始。“足球宝贝之父”魏寒枫被誉为“中国体育第一编”，他后来被《体坛周报》高薪挖走也是轰动一时的新闻。

停刊前一天，龚晓跃接受媒体采访时痛苦直言：“我们转变太晚了。”龚晓跃说，读者的遗憾恰好说明《南方体育》是一个有品质的媒体，但因为经营上没有前途，只好停刊。问：“你觉得你自己或者《南方体育》给中国传媒业作的最大贡献是什么？”龚晓跃答：“今天我接到了李承鹏的电话，他对我说：‘到现在，没有一家体育媒体从业人员敢说自己一点都没有受到《南方体育》的影响。’”龚晓跃在五年前提出的“体育娱乐化”，当时并没有什么人认同，但是现在大家都接受了这个观点，而且都在这样做。

若为《南方体育》立碑，应写上一行：卒于2005年8月30日。另类是另类的墓志铭。在度过五周岁生日之后，《南方体育》宣告停刊。刊号保留，一份新的娱乐杂志《南方都周刊》踩着《南方体育》的遗骸，坚定地横空出世。龚晓跃至今仍有些抱憾，集团当时本承诺再给《南方体育》一年“起死回生”大限，可惜还不到半年，突然下令关门大吉。颇为幽默的是，在关门后，一些知名企业冲着《南方体育》的名气找上门来要投广告。

龚晓跃留下了一部五万余言的《〈南方体育〉编辑法》。可惜这些规矩做得太迟，在那个猝然而去的媒体，没来得及真正发挥作用。

又到了告别时。失业对他来说已是家常便饭了。在2006年5月9日的博客中，他略有伤感写道：昨天去集团人事处办理离职手续，是大半年来我头一次回到广州大道中这座让人说什么都觉得不到位的院子里。今天，要去把档案和人事关系挂靠到人才交流中心。从1997年秋天到2006年春天，在南方呆了差不多十年，是时候合上这一页了。

有码字的手艺在哪都不会饿死

休整了一段时间，龚晓跃加盟湖南广电，筹划一份新报纸《湘江时报》。样报都做出来了，最后新报纸因种种原因胎死腹中。2006年上半年，湖南出版集团旗下《潇湘晨报》社社长、总编辑龚曙光找到龚晓跃，两龚会晤，老龚邀请小龚返乡共谋大业，出任《潇湘晨报》执行总编辑。

16年前，一个湖南小青年背着行囊从长沙火车站南下广州闯荡。

16年后，青年已变成中年，站在了韶山南路一栋茶色玻璃楼下，干的还是老本行。“有码字的手艺，在哪都不会饿死。”他笃信。

一张报纸往往注入了掌舵者的个人风格。龚晓跃的到来，使得《潇湘晨报》无论版面风格还是语言风格，更类似于杂志风格。

在他想象中，晨报采编人员要有理想，但不要太理想，三分之一的理想就够了；要讲现实，但不要太现实，三分之一的现实就够了；要玩技巧，但不要太技巧，三分之一的技巧就够了。三个三分之一组合在一起，就是一个丰满挺拔的个体。正所谓道生一，一生二，二生三，三生万物。当我们拥有十个、二十个、三十个这样货真价实的一，我们的报纸必然大智若愚，大巧若工，大雅若俗，大器天成。

他用诗一般的语言，憧憬着这张湖南第一报（从发行量、影响力、广告收入评价）美好的未来。道路上有鲜花，但更多的是泥泞，通往殿堂的唯一方式是跟过去作斗争。“我们能不能做出一份接近理想的媒体？像《潇湘晨报》创始人龚曙光心向神往的《洛杉矶时报》那样的主流大报，能不能在楚旧地破茧出笼？”

《潇湘晨报》在2006年11月份做了一次改版。龚晓跃不认为《潇湘晨报》是一个好的报纸，但在同类媒体中确实非常好了，湖南的纸媒实际上没有能与之竞争的。数据表明，《潇湘晨报》在长沙的零售额占85%，竞争结束了。“我很害怕这样的一个局面，我跟我的员工、老板交流，大家都很害怕。希望至多60%、50%，那样这个媒体才有前进的动力，现在我们一报独大的时代来得太早了。可能看《潇湘晨报》比较早的会知道《潇湘晨报》现在的样子、气度比以前要漂亮了，但新闻方面的锐气还不如前几年。不过，整份报纸仍在进步，已从单纯追求所谓视觉冲击力开始向塑造自己的读者转变。”

在服务《潇湘晨报》的第5个年头，即2010年11月，龚晓跃离开了《潇湘晨报》，后转入《潇湘晨报》旗下杂志《晨报周刊》任总编辑至今。

文艺老男人

生活中，龚晓跃是个性情中人，毫不掩饰自己的感情流露。对于三岁多的女儿，在微博说的写的最多。比如：

在出差，昨晚，娃娃突然给我电话，边咳边说爸爸你买好熊猫宝宝就早点回来吧，娃感冒了。我遂提前返回长沙。起飞前，奶奶电话说娃娃不怎么咳了就是不肯起床。从机场出来又接到电话，娃娃起来了，但要站在窗口。奶奶说爸爸还要一会儿才到，娃娃先下来，娃娃说我就要站在这里看着爸爸回来。我闻言泪下。

娃娃，当你来到这个世界的第一天，当你睁开眼睛看我，你没有哭，而我却号啕大哭时，我就找到了这个世界上我最爱的人。宝贝，节日快乐。

他把女儿接到身边，在长沙上幼儿园，他每天都开车接送。妻子仍在广州的南方报业工作，担任《风尚周报》的视觉总监。一家相隔两地，不过不要紧，有武广高铁往返方便。

喝酒、抽烟、熬夜、写文章、文艺老男人，都是他的标签。2010年是他职业生涯的低谷，他坦然接受命运的安排。他不委屈自己，活在自己的世界里，是一个理想主义者。与人气息投机，三五杯少了，不投机，不得已出席的饭局，他扒两口饭就走。

与人初次见面时，他没有递名片的习惯，也几乎从不带名片在身。5年来，他只用了一盒名片。往少算，他五年见的人没有上万也有成千。龚晓跃，这个名字就是他的名片。

中国报人高学历者比比皆是，而高中生执掌过数家大报，又当过兵，扛过枪的，唯其一个人也。大隐隐于市，龚晓跃隐在橘子洲头，三五友人，一壶清茶，笑谈清风明月，怡然自得。

人物简介

刘原，1974年生，广西贺州钟山县人。曾供职于《南方都市报》，声名鹊起于鼎盛时期的《南方体育》。后来进入《南国早报》任副总编。2009年受《潇湘晨报》执行总编辑龚晓跃之邀，赴湖南长沙创办《长株潭报》，任执行总编辑。2012年2月调回《潇湘晨报》任副总编。

他的另一个身份是著名专栏作家，出版有《丧家犬也有乡愁》、《领先处男半目》、《丢下宝钏走西凉》等作品。

同题问答

问：理想是不是骗子？

答：肯定不是。若是，我们都被它给骗了。事实是，理想不会骗你，不会忽悠你，你有啥理想，你就能做成啥事。做不成事，不要从外部找原因，那是因为你没有理想，整天浑浑噩噩。理想是灯，可以照亮我们前行的路；理想是一汪山泉，可以滋润我们在前行的路上那颗干渴的心；理想更是一枚伟哥、一勺春药，可以让人提神兴奋。若我没有理想，十有八九依然栖息在广西山沟那个偏远的水电站，给你们发电照明，却独独没有照亮自己，只是在黑夜中打着火把。

有志者，事竟成。理想有多大，舞台就有多大。有理想，真好，不过，要趁年轻实现理想。等黄土快没头了，再雄心壮志竖立理想大旗，晚矣。那时，估计大旗只会是坟头一株迎风飘摇的野草。

刘原：从水电工到总编辑

作为专栏作家的刘原，远比作为媒体人的刘原有名气。很多人得知其名，大多是从国内一些先锋报纸杂志上刘原的专栏开始。他的文章“黄”而不下流，调侃有度，针砭时弊，不动声色地夸张搞笑怒骂且不带一个骂字，看的让你笑得喷饭。他似乎什么都没说，又似乎什么都说了。其刘氏风格给读者留下深刻印象，并过目不忘，引得无数女粉丝拜在“黄话”门下，将经典段子在饭桌酒肆广为传播开来。

白天做高尚喉舌，黑夜写“黄色”专栏。不风流不下流，就是有点“流氓”。他就是刘原，文人，性情中人，一个曾到处漂泊、十年辗转南方北方换了八个东家、自言没了故乡的人。如今，在湘江之滨，他打理着一份新锐的都市类报纸，躬身于一亩三分地埋头于新闻理想。

满手油污拧扳手

刘原的一天，从下午三点开始。起床，在家吃了东西，开车到报社。长沙芙蓉路上的中南大学铁道学院东边，有一栋叫南国嘉苑的高层商住楼，《长株潭报》设于湖南省省会长沙的办公地点即在这里。

看完当天的报纸，点评一番，然后开编前会，讨论当天的重要选题策划，设计头版。晚上，编辑一个个拿着做好的版面走进他的办公室，修改标题，把关，签版。常年上夜班，烟是少不了，困了点燃一支，抽上几口解解乏。

直到凌晨三点左右，他方才走出大楼，长长地打个哈欠，结束一天工作，开车回家。此时，这座城市正沉浸在梦乡，路灯昏黄，走在路上的，不是准备打扫马路的清洁工人，就是一群苦逼的饥肠辘辘的记者编辑。

长期昼伏夜出熬夜码字为生的生活，特别是最近几年走上报社领导位置，时刻绷紧弓弦的紧张高压精神状态，使得刘原的头发白了很多。而几年前，他贤惠温柔的妻子给老公黑发里觅白发，如今是打着手电筒白发里找黑发。

从哪里说起呢？从人生第一份工作水电站工人开始吧。1995年七月，福州大学工程管理专业毕业的广西小青年刘原，一副瘦小的个头背着沉重的包裹行李，转了数趟车，风尘仆仆站在了广西河池地区大化县水电站。当时读大学包分配，分到哪里是哪里，听天由命。

当时，和他一起分到水电站的共有50多个毕业生，有欢天喜地的，有哭天抢地的。欢喜的是水电系统的子弟，他们绝大多数从考中专或技校时就报的是水电专业，这样可以继承父辈在电力系统里拿个铁饭碗。悲痛欲绝的是刘原，以及少数的一些在外省读书的本科生。对于他们而言，在这样的小镇工作是一生中最大的噩梦。见过繁华，见过现代化，正是青春年少踌躇满志之时，谁愿意在一个“鸟都不拉屎”、信息闭塞的穷乡僻壤荒芜一生？“水电站的日子，一眼可以看到尽头的生活。”刘原说，看到那些老工人师傅，似乎看到自己的将来，若呆在此，他老时就是这副光景模样。

语录

在许多人看来非常重要的东西，于我来说从来就不是命根子。我一直相信，已经发生的任何事情都是你此生必须经历的，所有的怨怼都没有意义。

大部分人活得很爽。赌博，打球，泡妞，电厂的收入不错，那个年头工作也不好找。偏远倒是事实，没什么可花钱的地方。对于刘原来说，倒图个清静，虽有抱怨，但工作还是照样应付，闲暇时，在图书阅览室找本书躲在哪个山上可以看一天。

21岁的刘原成为电厂运行分场的一名工人。第一份工作，从扳手和油污的工作服开始，下到电厂最核心的水轮车运转基层。后来领导听说刘原写得一首好文章，提拔他到厂办做了秘书，从此脱离苦海。

就在刘原很不情愿地守在水轮机旁，身穿帆布工作服满手油污拧扳手的同年10月19日，《广西日报》社旗下的《南国早报》出生了。对这个消息以及这份报纸，他自然密切关注着。

背负叛徒骂名

毫无疑问，电厂的枯燥单调生活远非刘原所想要的。他一直在想办法琢磨着离开这个鬼地方，认定“天生刘原必有用”。在他看来，至少得呆在省城谋得一份体面差事，这样才对得起自己。每月发了工资，他便从电厂门口花10元钱坐上去南宁的班车，看看有无合适他的工作。水轮机边拧扳手的辛苦所得，大头贡献了公交事业。

同一批人，有的最后和刘原一样不安分，几经挣扎走了。更多的留了下来，懒得与命运抗争，随遇而安吧，山清水秀，在此终老也不错。

1996年，刘原一次次从“乡下”奔赴省城求职，省城的几家报社成为他瞅准的目标。会写文章，去报社算是专业对口，也还体面。有个小插曲，他去《南宁晚报》应聘时，有一次居然被报社门卫粗暴地驱赶而出。

最终，因为他的坚持不懈，他被《南国早报》录取了，做过体育新闻和社会新闻，随后又成为一名国际版编辑。正印证了一句古话：只要工夫深，铁棒磨成针。还有一句：是金子总会闪光。很快，他小露头角，并非编的版面多么漂亮，编辑功底多么厉害。毕竟初入新闻圈，他乃是一名新兵蛋子。亮点在于他作为新手采写的体育新闻稿件，迅速获得了声誉。

名气在外，《南国早报》的直接竞争对手《南宁晚报》来挖人了。彼时，《南国早报》创刊时间不长，而《南宁晚报》为当地的一份老牌都市类报纸，其NO.1的江湖地位看似牢不可摧。《南宁晚报》承诺，解决他的编制、户口问题，收入至少是他在《南国早报》的翻倍。以收入权衡，《南国早报》没法和《南宁晚报》比。

背负着“叛徒”的骂名，翅膀已硬的刘原与《南国早报》道声拜拜，跳槽到了《南宁晚报》。所谓三十年河东，三十年河西，刘原去的时候，《南宁晚报》正是如日中天，《南国早报》像是一颗拔土而出随时被人一脚践踏上去的幼苗。10年后，当他荣归故里时，世道恰好颠倒了，《南国晚报》没落了，《南国早报》成了老大。不过，这是后话。

数年后，刘原和妻子在南宁饭店结婚摆酒大宴宾客，送走最后一拨客人，他站在酒店门口，隔着民生路，对面就是繁华的万达商业广场。那里，曾是他前东家《南宁晚报》的旧址。如今，人是物已非，他感慨良久。

国门苍凉，寻找张惠康

作为《南宁晚报》顶梁柱的体育记者，刘原常年奔波在各大体育赛事，足球报道乃是他的强项。见报稿件无数，然多琐碎闲散，疲于奔命而作。真正奠定其江湖地位一炮打响的，还是那篇至今读来仍堪称佳作的长篇报道——《国门苍凉，寻找张惠康》。

此文一出，让国内体育界的前辈后辈记住了一个叫刘原的体育记者，也记住了一个前国脚的坎坷离奇人生。报道出来，国内体育媒体争先转载，新闻轰动一时洛阳纸贵。

该文叙事节奏不紧不慢，电影的镜头感一个个展现，颇有纪录片风格，画面由远及近，又由近及远。刘原以第一人称的笔调，语言平实但又极其煽情地讲述了这个令人欷歔不已的故事。

文章是这么开头的。

5月，上海城沉浸在温润的阳光里，车水马龙从钢筋水泥的阴影中穿梭而过。

曹杨新村。一位衣着褴褛的中年男子拘谨地坐在太阳伞下，神情木然地守着破旧的小摊位。“喂，买彩票。”一名挎菜篮的妇女冲他嚷，中年男子像刚从梦中惊醒，缓缓扬起一张臃肿而迟滞的脸。

他叫张惠康，前中国足球队守门员。

12年前，在汉城奥运会上，他曾英勇而敏捷地奋力抵挡联邦德国队的克林斯曼们一次次子弹般的射门。

阿康扛起一张旧长凳，拉我到住宅区门口坐下。他转身到父亲开的杂货店里拿了一罐雪碧，硬塞在我手里，随后气喘吁吁地坐在凳上，不停擦着汗。我看见他穿着一件劣质的旧衬衫，腰间的皮带已经泛白，心中忍不住一阵酸楚。

我的许多话全梗在嗓子眼，只问:“阿康，这些年还好吗?”阿康凄然一笑，说:“很好，很好。”其实阿康离足球已经很远了。这些年他除了卖彩票就是看杂货店。他只知道每逢甲A如火如荼地开战时，店里的顾客就特别少。一拨又一拨的申花球迷从面前匆匆而过，而他只能神情落寞地枯坐在柜台前，像个退休的老人。

见报于《南宁晚报》的该力作，不能不说是中国体育新闻报道中一篇具有里程碑意义的注重文本的作品，颠覆了传统的浓墨艳笔报道赛事的体育新闻写作，以人物命运为视角，冷静记录了这位前国脚的传奇人生。报道刊出后，上海当地政府给张惠康送来1万元的救助金。

让刘原一文成名的该文，此后数年常被媒体重提。《新京报》推出的《2008体育年鉴·改革开放三十周年特辑》，全面回顾了中国体育的这30年，在《媒体篇》中，遴选了两篇文本，一篇是原《南方周末》记者李海鹏的《举重冠军之死》，一篇就是刘原的《国门苍凉——寻找张惠康》。文中的两人，成名极早，退役后却生活凄凉穷困潦倒。举重冠军才力以看门为生，最后毫无尊严地猝死；国脚张惠康因患抑郁症，开杂货店彩票店艰难度日。《国门苍凉——寻找张惠康》，让刘原收获了用箩筐都装不下的名望。

梦遗杨箕村

20世纪90年代末期，《南宁晚报》影响力每况愈下，风光的时代已经成为过去，南宁报业市场翻了新的一页。当时，国内体育报纸中，位于广州有着南方报业血统的《南方体育》如日中天，系体育类媒体三大“金刚”之一。

在刘原看来，自己的风格与这张报纸非常吻合，气味相投，从心底也非常认可欣赏这份报纸的办报理念。他准备了一份简历，寄给熟识的同行、《南方体育》编辑魏寒枫。当然，简历里夹带有一份报纸，上面有他引以为豪的成名作。

几乎没有任何周折悬念，《南方体育》要了他。

下了火车，他辗转到广州大道中的南方报业，如同到了麦加。上了二层小楼，所有人都低着头干活，无人理会。一个长发男子瞄了这个不速之客一眼，手插裤兜踱远。这个男子后来为刘原的处男文集写了序，再后来，离开广州的前夜，他与他在酒楼偶遇，泫然碰了一杯。长发男子叫龚晓跃，《南方体育》主编。再后来的后来，龚晓跃把解甲归田的老部下好兄弟电召长沙，共谋《潇湘晨报》宏伟大业。

与当年的偶像们挤在小楼里，以前一直用手写稿的刘原开始学打字，开始傲啸山林，开始“耍流氓”，开始发迹。那是一个群星璀璨的时代，当过兵的，卖过马桶盖的，做过电厂工人的，都挤进了同一个被窝里，生命不息，耸动不止。没有哪个报业集团像南方报业如此具有包容宽容大度，它就像江湖码头，想拜码头的绿林好汉都集中来了，英雄不问出处，只要心怀新闻理想。

在《南方体育》，刘原第一次领到了五位数的月薪。与此相应的后果是，扶着劳损的老腰躺在了东风路的正骨医院。那年他28岁。

《南方体育》的生活痛并快乐着。《南方体育》一帮来自五湖四海的兄弟们经常在天明时分才离开报社，没有生活乐趣，不知道鲍鱼、鱼翅和榴莲是什么味道，常出没酒肆大排档把酒当歌。

几年后，辉煌一时的《南方体育》毫无先兆地猝死。刘原想起自己离开《南方体育》的那年深秋的一个下午，他坐在杨箕村出租屋地板上喝得烂醉，酒从喉管注下去，从泪腺里渗出来，因这张报纸而背井离乡，纵身跳崖。人都在，报却不在了。

《南方体育》一年，《南方都市报》三年，在广州的四年对刘原是一场梦遗。“喷出了残存的青春，萎靡地回到广州西向800公里的故乡南宁。”他在博客中伤感写道。南宁北向五千里的新东家北京总部发来指令，让他筹划《南方体育》的告别专辑。“为新东家操办旧东家的告别宴，兄弟你可知道，我此刻惆怅得几乎人格分裂。”

《和八月一起离去》这篇专栏记录了他的忧伤——“这一年的8月30日，广州，一代枭雄正凝视着落日；这一年的8月30日，南宁，老流氓刘原将坐上T6次特快13号车厢，和未婚妻一起去苦寒的北方谋生。为何我想起《南方体育》，想起“南方”，前列腺就不禁一阵剧痛。”

《南方体育》是刘原待的时间最短的东家，为期一年。不得不承认，他离去的时候，心中甚至是有怨怼的，但是，他骨子里始终深爱着这张报纸，它的损伤，它的早殇，时常让他在梦境中感觉疼痛。许多年前，为了它而背井离乡，可是，它却死了。

在后来的岁月里，他强迫自己相信《南方体育》的确死了。它的姿容，只是偶尔若隐若现地像泡沫一样出现在酒瓶里。在曾经的时光中，城中村杨箕村寄居着一帮闯荡南方的流浪记者，忍受着物质的贫乏，享受着精神的快乐。若干年后，这一段段流浪的岁月被写进了各式版本的回忆录，忆苦思甜，因为当年的小伙子们大都成为独掌一方的传媒大佬。

语录

这一年的8月30日，广州，一代枭雄正凝视着落日；这一年的8月30日，南宁，老流氓刘原将坐上T6次特快13号车厢，和未婚妻一起去苦寒的北方谋生。为何我想起《南方体育》，想起“南方”，前列腺就不禁一阵剧痛。

对同属南方报系的《南方都市报》，刘原并不陌生。第一次知道《南方都市报》这张报纸是9年前他在水电站的时候。他在《南国早报》上看到一则消息，关于《南方都市报》讽刺李怡青征婚的官司。想不到，后来他与那两张报纸结下缘分。

离开《南方体育》，他第一次走进同一大院的《南方都市报》大楼。做腻了体育新闻，他不想干了，当时不知做什么好，差点就去了外资保险公司。当时他所在部门里有个广西马山老乡，叫阿O，从《南方都市报》到的《南方体育》。他跟刘原说，要是还想做报纸可以去找杨斌。于是乎，刘原抱着一叠简历冲进了时任《南方都市报》副主编的杨斌的办公室。简历里有几篇专栏，唯一的新闻作品是《国门苍凉——寻找张惠康》（靠这篇早年在南宁写的作品连续叩开了南方报业两张著名报纸的大门，可见一个人的成名作是多么重要——刘原语）。杨斌用剽悍的眼神看了看他的东西，说，一周答复。

然后，刘原进了《南方都市报》。然后，一晃三年。

著名"黄贩子"

说来有意思，在《南方都市报》，刘原是一个很寂寞和低调的人，工作中规中矩，报社的很多人都不知道他。这与他以前呆过的报纸不一样，他以前总是所在报纸里知名度最大的人，或者之一。但在《南方都市报》，他是窝在角落的一个小卒子。许多同事，是在他离开《南方都市报》后才知道有这个人。他的个性都张扬在专栏里了，所以，工作中并不张扬。而且，几乎不在本报上发稿子，只在外地的报刊上"贩黄"。

刘原只在《南方都市报》展露过几次个性。一次是有回连续两周与同事发了重稿，写了一篇检讨书贴在过道上。检讨把很多同事都笑喷了，说从来没见过这样的检讨，太搞笑了，太不端庄了。领导倒宽宏，一笑了之。一次是《南方都市报》年终团拜会，自编自导了一场"黄色"话剧。

在《南方都市报》三年间，刘原做版的时候是《南方都市报》风格，写稿的时候是《南方体育》风格。这两种风格，其实是不兼容的。从那个时候起，他开始了自己的人格分裂，做版面的时候是负责任的新闻人，下了班，就成了"黄贩子"。

他说，《南方都市报》可说的地方其实很多，可是他好多都想不起来了。再往深处说，也许就矫情了，所以不多说了。如今去一些公众场合，别人介绍他说这是著名的"黄贩子"，对方往往是礼节性地笑笑，别人又介绍说这是曾经在《南方都市报》工作过的人，对方就会眼睛一亮，和他攀谈起来。"我知道，我是攀着《南方都市报》的余荫。那张报纸，直至我离开之后，它依然在给予着我许多。"

刘原时常在想，他的今后，十之八九，是不太可能再回《南方都市报》的了。在这张报纸呆过三年，也许，就是那三年了。2002年来《南方都市报》的时候，他并不是很喜欢它，亦不觉它是一张卓越的报纸，但是机缘巧合，进去之后，恰好见证了它的卓越和伟大，还有暗流和漩涡。他遇见了一个伟大的时代。

在一篇博客，刘原流露出对《南方都市报》的留恋。怀念《南方都市报》，怀念那正在远去的三年，怀念运纸的卡车和隆隆的印刷车间。“我感怀程益中，我和他在北京后海的岳麓书屋喝酒时，总会想起他在《南方都市报》的10楼，激昂地鼓舞着所有员工的演说。我见证过一张优秀的报纸，和一群优秀的人，尽管我的命运注定了我和他们迟早要分道扬镳。”

说来，“贩黄”为副业，做编辑才是正业。深圳新闻部无论依旧在的，还是早离开的，对于刘原的标题印象深刻。深圳新闻部的老记者们至今仍记得刘原出品的几篇新闻的标题。“隆了胸，一高一低一上一下”说的是一则隆胸失败的社会新闻。“三刀飞去，李国华挺胸做女人”是深圳第一例变性人新闻的标题。刘原的标题通常朗朗上口，通俗易懂，准确生动，出其不意，一般人往往想不到。

深圳新闻部老记者刘延春说，刘原是我心目中最好的编辑之一，他总能使我的稿件锦上添花，第二天拿起报纸被他做的标题击中。比如，有个社区稿，某个地方出现了蚂蚁在树上做窝的事儿，他做的标题为“蚂蚁上树建豪宅”。再比如，有个炸麻花的，炸了两米多长，他做的标题是“这根麻花比姚明还高”。广为传颂的一个讲某小区小车乱停乱放的文章标题则是：“谁动了我的胎气”。最猛的一个标题更让人过目不忘至今传颂，虽然引来争议。文章讲有只母狗用自己的乳汁喂养大了一只猫仔，因为猫妈妈离家出走了，而他的标题是《流浪猫咪狗娘养》。第二天有读者打来电话，抗议

《南方都市报》口出不雅说脏话，呼叫中心同事提醒对方看完全文再予评说。几分钟后，对方打来电话，拍案叫绝，好！

和出产知名的标题一比，刘原其实也满搞的。有个领导擅长书法，某次深圳新闻全体采编顶礼膜拜排队求字，拿到字的同事欢天喜地，像捧着革命红宝书捧在手里。轮到刘原了，他想了想，说，领导，给我写个“爽”字吧。领导犹豫了一下，不妥，干吗要写这个字呢，有什么特别寓意？太猥琐了。最后，写了一个主旋律祝福的字。同事们窃笑，刘原的恶搞阴谋被领导不动声色识破，落空了。

还有一次，深圳新闻部一年一度的读者节时，刘原在中信城市广场签名售他的“黄集子”《丧家犬也有乡愁》一书。在给一位从关外坐了两个小时公交车，只为一睹他真容的中年妇女粉丝签售时，他提笔在扉页写下一句赠言：失身要趁早。女粉丝倏地脸红了。

故乡不容刘老汉

三年后，不安分的刘原离开《南方都市报》，由南至北，跳槽到搜狐，先后就任读书频道、文化频道主编。从传统媒体跳槽到网络媒体，这是一个新的挑战。

那一年，他已经31岁了。

此次跳槽，举荐人为伯乐程益中。程益中深信不疑地认为刘原绝对是匹良马。刘原写道，对这个世界上的许多人，我都不会轻易信任，但是，兄长程益中的话，我从来都深信不疑。他坦诚、仗义，总是能体谅别人。我一直坚信：跟着兄长，有肉吃。事实上，我自2001年离开广西之后，就一直跟着兄长的路径在走。从《南方体育》到《南方都市报》到搜狐，从兄长身上学到了做事，更学会了做人。兄长的一句名言是：高调做事，低调做人。我一直记着。跋扈的人，实际上是不自信的，也不会成大事。

兄长的一句名言是：高调做事，低调做人。我一直记着。跋扈的人，实际上是不自信的，也不会成大事。

语录

京城对刘原而言，此前比较排斥，非其此生最终栖息之地。高大的城墙，论资排辈的压抑空气，让他觉得他的家不在这里，精神家园更不在此。

搜狐的工作经历，让刘原收获了复合型媒体人才的锻炼。

京城终不是久留之地。2007年9月，刘原打道回府，受邀空降前东家《南国早报》出任副总编辑，算是荣贵故里。天南海北转了一圈，刘原多少有些厌倦丧家犬的漂泊日子，想稳定下来。加上父母方面的期望，游子收心。他打算此生就在故里，再也不流浪了。结了婚，买了房，安了家，过上了刘老汉的幸福生活。

他把家安在南宁城郊一处山清水秀的寂静小区，熬夜写专栏，上班看版开会，回家与妻举案齐眉洗衣做饭，做个模范丈夫，日子那才叫过得爽。可惜当年未求得此字，若得，他一定装裱了挂在客厅最显眼处，以此作为生活的终极奋斗目标激励自己。

人算不如天算，人生总是出乎意料，充满不确定性。

2009年8月4日，《南国早报》以《网瘾少年进“训练营”十多小时后身亡》为题，报道了南宁市16岁学生邓森山8月1日加入位于广西南宁市吴圩镇的南宁起航拯救训练营，当晚被关禁闭并遭老师殴打，并于次日凌晨死亡的消息。这篇新闻的作者是《南国早报》记者杨子健，负责审稿并签发的是该报副总编刘原。

《南国早报》的新闻刊出后，国内多家媒体转载并进行追踪报道，引起社会广泛关注。后经南宁警方证实，邓森山尸检结果确认其被殴打致死，南宁市公安机关立案侦查，并对涉嫌故意伤害邓森山的4名犯罪嫌疑人刑拘。此案的发生过程细节其时并未对外界披露，事后南宁市江南区政府曾召开新闻通气会，就案件的侦破、事件的调查处理等情况进行了简单通报，但新闻通气会时长仅5分钟左右，没有安排媒体提问环节，工商、教育等部门负责人也到场，但没有补充说明更详尽的内容。8月8日，《南国早报》又推出了2个版的深度报道，当时值班副总编还是刘原。

坏消息很快传来，2009年8月21日，《广西日报》下发文件，“免去8月8日《南国早报》值班的副总编辑刘原同志的《南国早报》副总编辑职务”。

免职通知传达，刘原起初心情不是个滋味，但后来想开来了也就释然了。从他所写的一篇博客，可以窥见。博客如下：“10年前的夏天，我离开了这张报纸。10年后的这个夏天，我再一次离开了这张报纸。在一个小时前的会议上，正式文件下来了。宣读完毕后，我说了几句临别感言。我说，我两进两出，此生与这张报纸的缘分已尽，但我依然非常感激这张报纸。它曾两次改变过我的人生航向：一次是11年前，它让我从小镇的水电站走到省城，开始了我的新闻生涯。还有一次是两年前，它让我从京城回到故乡。我毫无怨言地接受一切处罚，承担一切的责任。我真诚地祝愿我的同事们，现在是前同事了，继续把这张报纸办好，在坚持新闻理想和报人良知的同时，也要注意规避风险。我想说，就这个事情而言，我于自己的良心没有亏欠。我是干净的，坦荡的。

谢谢所有的同事们。此刻的我，没有怨怼，只有感恩。我已经中年了，我理应有这样的胸襟。况且，在许多人看来非常重要的东西，于我来说从来就不是命根子。我一直相信，已经发生的任何事情都是你此生必须经历的，所有的怨怼都没有意义。所以，这段时间我一直很轻松。更何况，我多年前在《南方都市报》的时候，先后有四位管过我的老总先后被撤职，司空见惯，习以为常。凡是从南方报业出来的人，心态都会和我一样淡定。人生是一场旅行，能够看到不同的风景，不同的面孔，就是一种幸福。”

故乡不容刘老汉，自有留爷处。

创办《长株潭报》

2009年9月份，刘原接到一个电话。龚晓跃打来的，他邀请刘原一家人来长沙散散心。

在张家界游山玩水转了一圈，龚晓跃尽地主之谊，款待周到。被免事件之后，陆续有国内数家媒体邀请刘原加盟。本来，他首选南京一家文化类杂志。城郭南京这座金陵古都很令他欢心，无奈房价太高，安家成本太高。在龚晓跃牵线搭桥下，《潇湘晨报》社长龚曙光与刘原见面详谈，诚意邀请他加盟。

三湘楚水的长沙这座城市，对他来说，无疑陌生。

此生再也不想回广西，故乡伤了刘原纯洁淳朴的心。经不住酒友好友加曾处同一战壕的龚晓跃一番游说，两杯酒一口干，刘原爽快答应来长沙，士为知己者死。南宁，如果能不回去尽量不回去，随后刘原快刀斩乱麻，索性把户口迁到长沙。

看来还是祖先说准了。2004年，刘原去祖坟祭拜先人，祖坟风水坐北向南，寓意他必朝北走，当时他还不信，但一年后就去了北京。辗转南飞后，终究还是往北，而且都是朝故乡的正北。“我是不可宿命者，风水满准的，我注定要往北走。”

2011年6月6日，由刘原担当执行总编辑的《长株潭报》正式创刊。

2012年元旦，长沙的天气阴冷，寒风吹灌到我的脖子，凉飕飕。下午3点，刘原准时出现在办公室，多年不见，他依然还是老样子，戴副眼镜，一副书生文人模样。唯一有变化的，头发白了许多，长期上夜班用脑过度的杰作。寒暄，闲聊，说起《南方都市报》，问起故人。刘原说，他来长沙后，妻子也跟着来了，儿子紧接着出生了。相妻教子，其乐融融。喝点小酒，过点小日子，快活自在。他说自己对生活没有太多的奢望，平淡充实平安即是福。

在国内几家媒体开的专栏依然还在写，只不过，一篇千把字的专栏要绞尽脑汁写上好几天，写了这么多年有些审美疲劳。“加上精力的确不如以前，所以更要写好。”

《长株潭报》如今已在湖南报业市场占据一席之地，刘原和他的团队继续努力着。半年多的时间里，它以清新的风格、大胆的封面设计、大量的留白，以及打破标题短小而故意做长的风格迅速吸引了大众的注意。而它做的关于姚明退役、7.23动车事故以及事故原因的封面设计更是好评如潮。

17年前他大学毕业，在乡下水电站水轮机房拧扳手。16年前，他进入媒体圈。南方，北方，浸淫16年，刘原——从青涩小青年到中年老男人，从体育记者、社会新闻编辑、网站主编、主流媒体执行总编辑，一步一个脚印走来。未来有什么打算？若无意外，就在长沙一直待下去了。他抽了口烟，缓慢说，心安处即故乡，此生不想再折腾。

第三章

到体制外去

杨斌：冲出体制呼啸江湖

由于广东省图书馆不愿意放人，最后杨斌就被迫选择了自动离职，在当时也意味着自动放弃了体制内的保障，连干部身份都没有了，因为自动离职就成了工人身份。这直接导致甚至连当时的南方人才市场都不能接受他的档案，只能挂靠在当时东山区的劳动局。

钭江明："地委笔杆子"转型之路

他坚持用独立的民间的眼光打量周围的现实。他质疑那些类似八股的记述与历史真实行进的姿态距离到底有多远。他是一个否认理想的理想主义者。激越过后、青春过后，他用不逃避的姿态，向黑砖窑掷去投枪。

人物简介

杨斌，1971年生，湖北人，1993年毕业于武汉大学图书馆学系。1996年12月进入《南方都市报》，1999年4月任《南方都市报》采访部主任，12月任深圳记者站站长，2000年任《南方都市报》编委，2001年4月起任副主编。2003年9月任《新京报》常务副总编，2004年7月任《新京报》总编。2006年1月任南方报业传媒集团驻京办事处副主任。2007年1月入职和讯信息科技有限公司，任董事、副总经理兼总编。2009年3月加盟网易公司任副总裁至今。

同题问答

问：理想到底是不是骗子？

答：只要没有脑死亡，人人都有理想。理想能成人，也能毁人。是成还是毁，因时而异，因人而异，很难分出高低贵贱。对待理想的性质和价值，无须贬低，夸大也不好，持平常心即可。要以务实的精神实践理想。与其讨论是否被理想骗，不如反省是否被自己骗。换言之，理想不会骗你，骗你的只能是自己。

杨斌：冲出体制呼啸江湖

一个背着个旅行包的高个子流浪记者风尘仆仆地闯进程益中的办公室："我想来你们报纸做记者。"

程益中问："你做过记者吗？"

高个子马上利索地拿出一沓剪报复印件："做过，做过。"

程益中翻了一番："过几天给你消息吧。"高个子流浪记者只得惴惴地退出办公室。

几天后，电话并没有到来，高个子实在憋不住了，他又来到程益中的办公室："我的情况怎么样了，我能录用吗？"

程益中给采访部副主任任天阳打了个电话："你去采访部接受面

试吧。”

任天阳又翻了翻他的简历说：“过些天回复你。”高个子又惴惴地退出办公室。

他越想越觉得大事不妙，看来一定是不要他了。他鼓足勇气折回到程益中的办公室：“我觉得好像你们不要我了，其实我又能做记者又能做编辑。”高个子把他曾经在一家报纸编的版递给程益中看。

程益中看着看着就露出了笑容：“好，你可以先来试试。”

高个子流浪记者终于找到工作了。

……

这是前《南方都市报》记者、现任腾讯新闻中心副总监傅剑锋为《南方都市报》八周年时的《八年》特刊写的其中一段描述。文章描述的那个高个子流浪记者叫杨斌。

英雄不问出身

那一年是1996年年末。再早一些的1995年2月，《南方日报》编委会决定，由关健担任《南方都市报》主编，负责《南方都市报》的全面工作；程益中负责《南方都市报》的制定、内容设计以及新闻业务的管理；张志光负责经营，分别任副主编。并决定3月份正式创刊。三个创办者还一致决定从魏碑中集出了“《南方都市报》”这几个字，“因为魏碑朴质、深刻、有力，也是书法中比较经得起时间考验的字体，我们希望一张报纸具有这种内在气质”，当时的《南方都市报》还是张周报。即将到来的1997年，《南方都市报》获得刊号，正式从周报变成日报，因此开始了新一轮的大规模招人。在出刊前的几天，《南方都市报》编委会已经定下来，不写发刊词，就用一幅第一时间生在1997年的新生婴儿的照片来寓意行了。

等杨斌前往应聘时,《南方都市报》实际招聘的已经七七八八了。回忆起那段经历，16年后的杨斌依然印象深刻，他记得他正式到《南方都市报》上班的日期是1996年12月9日。

当我提及《八年》里的那段有关他的描述时，他表示“细节有出入，但意思不差”。那是2012年1月11日的一个上午，在网易广州分公司，我们约好见面时间，在公司大厅内，透过门口干净的玻璃窗，远远看到一个走路快速、背个背包的人出现时，还是能一眼认出他。他还是那么高瘦，体型并没发生太大变化，平头以及标准的胡子，还有和互联网公司气质相符的随意着装。

已经是网易公司副总裁的他，于2009年3月加盟网易。或许是巧合，9年前同一个月,《南方都市报》深圳记者站正式成立，他出任第一任站长。在加盟网易后他开始一直在北京工作，直到去年才再次回到他熟悉的城市——广州。由于刚刚回广州，他暂时只有临时的办公室。在那间三面由玻璃隔成的狭小办公室里，他先给我倒了杯水后，才开始讲述了有关他自己的故事。

正式到《南方都市报》工作的1996年，杨斌25岁。杨斌进入报社后，发现当时创办日报的《南方都市报》同事，大部分都是和他那个年龄段差不多的人。他回忆说，当时进入《南方都市报》，先是从朋友那里听说《南方都市报》招聘，他就通过当时《南方日报》的总机，直接电话过去并转接到了《南方都市报》当时的总编关健那里。关健就要他去见程益中，随后才有了《八年》特刊里的那段精彩描述。

“我当时进报社都没经过笔试环节，只是拿了相应材料找上去就这么进去了。”杨斌回忆说。事实上，当时和他一样就这么进入《南方都市报》的还大有人在，他认为这也是《南方都市报》不拘一格和包容的表现。他说，加盟创业企业肯定存在不规范和风险，但同时也意味着存在很大的机遇和个人上升空间。从当时一起进入《南方都市报》创业的那批人来看，只要坚持下来了，都能有所成，《南方都市报》至今仍有“传媒界黄埔军校”的美誉。

正如杨斌所言，对于一家初创的公司或报纸，其未来如何实际很难预料。因此对于当时加盟报纸的人，或心存理想之外，风险相对也比较大。2000年因为女朋友而在深圳的苟骅说，当时他就是被正在筹建深圳记者站的杨斌招聘进来的。

当时他到广州见了杨斌。据杨斌在《南方都市报》深圳记者站八周年晚会上回忆，当时他看到苟骅只谈了不到三分钟就决定要他了。“在一定的基本条件下，招聘更看中的是应聘者的理念和想法是不是和《南方都市报》尽量一致，其他是次要的。”他道出了自己当时招聘记者的秘诀。

苟骅回忆说，当时《南方都市报》初创，流传一个笑话是“只要会写字的，就可以抓过来当《南方都市报》记者”。因为刚创业，报纸名气小，工作环境也艰苦，并不是谁都愿意来《南方都市报》工作。从《珠海特区报》跳槽到《南方都市报》的他，坦承当时内心没失落感是假的。

不过杨斌这个秘诀还真是招一个一个准，除已经是南都全媒体运管委委员、奥一网CEO的苟骅外，现在是《南方都市报》编辑委员会委员、深圳新闻部主任的陈文定等也是他招进来的，对后者甚至连面都没见过就决定要他了。

后来被杨斌称为“南中国最好的社会记者”的陈文定，被杨斌招聘进来的经历更具传奇色彩。来自江西永新县，当时和苟骅等同一批进来的陈文定回忆说，当时深圳新闻版缺编辑，杨斌就要在深圳记者站的同事每人推荐3个人过来，尽量争取将优秀者带到《南方都市报》来干活。

陈文定被已经在《南方都市报》工作、曾经的前同事游细平推荐给了杨斌。“他编头版，我编二版，经常搭档，没脱产上过大学。”游细平将陈文定的情况推荐给杨斌后，引起了杨斌的兴趣，并要游细平转告还在南昌的《江南都市报》做编辑的陈文定赶紧把资料邮寄过来。陈文定回忆称，当时他把自己做得优秀版面，平时当完编辑之余甚至去跑的一些新闻稿子以及别人写的有关他的特写的资料，全部邮寄给了杨斌。

> **语录**
>
> **没有都市报的不拘一格，没有都市报的包容，就不会有像我这样的流浪记者的今天。包容的文化在都市报降生的那天就具备了，是都市报企业文化的精髓之一。**

结果陈文定接到电话了，杨斌叫他直接就可以过来上班，实际上杨斌还没见过他本人。不过，由于要办理离职手续，等陈文定来到《南方都市报》时，发现当时缺的编辑位置已经有人补上了，杨斌就叫他过来深圳站当记者。到记者站发现该分的一些时政线也基本分完了，他就从跑突发社会新闻起步，如今已经是深圳记者站的当家人。

“没有都市报的不拘一格，没有都市报的包容，就不会有像我这样的流浪记者的今天。包容的文化在都市报降生的那天就具备了，是都市报企业文化的精髓之一。”在《八年》特刊中杨斌如此评价说。而随后荀骅、陈文定等经历，甚至杨斌本人进入《南方都市报》后的际遇，都体现了当时初创的《南方都市报》乃至整个南方报业传媒集团很强的包容性和对人才的不拘一格。

放弃干部变工人

进入《南方都市报》后，杨斌是从做编辑起步的。他主要负责中国新闻和后来编辑广州新闻。在此之前，他曾有一年半的记者编辑经历。

1971年出生于湖北一个小镇的杨斌，1993年毕业于武汉大学图书馆学系。大学毕业后，他被分配到了广东省图书馆工作。对于广东图书馆的工作，他没一点兴趣，用他自己的话说“离开是必然”的。

在广东省图书馆工作不到2年，1995年他选择了离开。一开始，他到了深圳《文化娱乐报》做了一年左右的编辑，随后又返回广州，在广州的《华商时报》做了半年左右的记者编辑。后前往《南方都市报》应聘，1996年12月9日正式加盟《南方都市报》。

“进入媒体虽不能说完全必然，具体进哪一家更有很大的偶然性，但我知道我离开广东省图书馆是必然的。”杨斌回忆说，这和他的性格有很大关系。他是个“愿意去接触这个世界，甚至是去评价这个世界的人”，读书时候作文不错，因此进入媒体圈在一定程度来看也是必然的。此外，他说图书馆学系实际还是和信息、媒介等有一定关系，相对来说和媒体圈在某种程度上是有相通的地方。他说，实际武汉大学的图书馆系曾经和新闻院系是合并在一起的，只是后来才分开来的。而当时他班上有31个同学，如今只有几个还在图书馆

语录

每个人都有自己的局限性，因此人生实际是无法假设也没那么精准的可预见性，跟际遇多少还是有关系。

工作，大部分人都已离开图书馆，并有不少人在今天和他一样从事媒体工作。

由于广东省图书馆不愿意放人，最后杨斌就被迫选择了自动离职，在当时也意味着自动放弃了体制内的保障，连干部身份都没有了，因为自动离职就成了工人身份。这直接导致甚至连当时的南方人才市场都不能接受他的档案，只能挂靠在当时东山区的劳动局。

对于这个身份的变化，杨斌还是要等到几年后他当了《南方都市报》的副总编辑才知道。他回忆说，当时他看到同事夏逸陶在做有关干部普法考试的试卷，他发现他却没有做。后来才明白他是个工人身份，已经不是干部身份。当然这只是个小插曲，他说当时他能在《南方都市报》达到一定职业上的高度，确实应该感谢整个南方报业传媒集体的开放包容，在上世纪90年代就对这些条条框框不那么教条刻板了。

对于当时离职等于放弃了这些体制内的东西，杨斌说他本人当时年轻没特别在意编制等。而父亲在他读大学后基本就不再管他而是让他按照自己的想法做，只是当时他母亲还是多少对他的未来有些担心。

不过，进入《南方都市报》后的杨斌，让当时她妈妈的担心显得有点多余。

在《南方都市报》做中国新闻编辑时，他坦言前三个月虽然卖力，但做版找不到感觉。“当时没得到程益中的认可，也不只是我一人，很多人都被批评的晕头转向。”杨斌回忆说，这倒不是因为自己不是新闻系科班出身，其实很多科班出身的，当时作为一份新报纸，大家编的内容也经常挨批评。杨斌印象深刻的是有次他和夏逸陶决定去找程益中，问问他总是批评，那他觉得该怎么编才算好的新闻版面呢？结果程益中只对他们说了一句话，那就是“读者爱看什么，你们编辑的时候就突出什么”。

“现在看来这句话很平常，但当时对我们的冲击之大是现在无法想象的。”杨斌承认，即使当时他也没完全理解这句话。不过经过点拨后，他在新闻领域的天分逐渐被挖掘并施展开来。三个月后他编辑的一些版面已经引起了程益中的注意，并专门找过杨斌谈过两次话，告诉他他很有新闻天赋，表示可以直接将他调编，解决编制问题。杨斌回忆说，当时的《南方都市报》的专刊部有个产经新闻，他当时找过负责人谭军波希望去那做产经新闻的编辑，结果程益中建议他不要过去，杨斌听从了他的建议。

1999年，杨斌在没有做过副主任的基础上，直接就当上了当时采编系统的三大业务部门之一的采访部主任。当时《南方都市报》采编系统有新闻部、专刊部和采访部三大业务部门。1999年底，《南方都市报》编委会决定开拓第二战场——深圳，杨斌开始负责筹建深圳记者站，并于2000年3月份正式成为深圳站第一任站长。也在同一年，杨斌正式成为《南方都市报》编委成员。2001年4月，他随即成为《南方都市报》副主编。随后到了2003年，北京市场上多了一份新的报纸，那就是《新京报》。2003年9月，杨斌任《新京报》常务副总编。一年后的2004年7月，年仅33岁的他担任《新京报》总编，达到了他在传统媒体界职业生涯的一次高峰。

呼啸在江湖

“在工作或职业上，其实我不是一个想混日子的人。”杨斌说，当时他真的很努力，那时候就是有冲劲、热情和干劲，一心都在工作上。有时候一个月可以上30天的夜班都不觉得累，有时候连续好几天都是在6人一间的夜班宿舍里度过的，基本没什么个人生活。2003年离开广州北上的他，在8年后的2011年再次回到在那生活了10年的广州，他发现还是那么陌生，用他自己的话说是很多地方都没去过。广州对现在的他而言，还是一座全新的城市，这让今天的他还是很感慨，“现在是有生活了”。

语录

有个好团队实际是在推着你自己向前进，就这样像有只命运之手在一直推着你往前发展。一个好的团队对个人的提升是非常有帮助的。

对于那段经历，他说这也不能完全说是自己刻意这么做的，尽管他也认为个人勤奋和天分很重要。“当时那个阶段就是这样适合你，你实际也没什么好选择。当时有个好团队实际是在推着你自己向前进，就这样像有只命运之手在一直推着你往前发展。”杨斌说，一个好的团队对个人的提升是非常有帮助的。

在工作或职业规划上，他认为自己倒确实是会有个明确的判断。如果自己的具体某一业务领域在发展后感觉上升空间有限后，他会主动寻找，也敢于对新的领域进行尝试和挑战。他去《新京报》实际也是这样的一种判断和尝试。

杨斌透露，准备创办《新京报》时，当时《南方都市报》首先考虑派过去北京的并不是他。后来程益中找到他谈话，他就很爽快地答应去了。2003年，《南方日报》集团和《光明日报》报业集团合作，创办全国唯一的媒体集团跨地区合作办报——《新京报》。

在《新京报》之前的2001年，羽翼渐丰的《南方都市报》就有了向外扩张的想法。当时《南方都市报》接触过的合作方有数十家。其中，最接近成功的是与《上海商报》的合作。当时派往上海的负责人人选敲定当时的编委王跃春（现任《新京报》执行总编），众人还为此喝了壮行酒。不过，由于《上海商报》主管方意见的不统一，此事一度延宕下来。

杨斌对去北京办报有着浓厚的兴趣，其实早在创办《新京报》之前就已经显露端倪。现《南方都市报》时事新闻中心深圳记者站记者高爽回忆，2003年年初，当时他还在跑深度新闻并驻北京时，有次杨斌来北京出差，他开车带杨斌刚好路过天安门广场时，杨斌不由自主地感叹要是能在这里办份报纸那该多好啊，这句感叹让高爽至今都印象深刻。杨斌说，北京作为中国的政治、经济和文化中心，其地位以及拥有的办报资源，都是其他城市无可比拟的，因此如果要办一张有全国影响力甚至国际性影响的大报，那肯定是绕不开北京甚至影响到北京的。正是他的这一理念和想法，实际也改变了《新京报》的本来面目。

《南方都市报》原先的想法，只是在外地复制一份《南方都市报》，除了增加一些本地的新闻及生活和房产资讯外，其余娱乐、文化、体育、国内、国际新闻等，均采用《南方都市报》现有的成品。《南方都市报》的这一设想自然有迹可循，深圳的现有经验便是一个极好的范本，这也符合程益中低成本扩张的初衷。因为，在北京办报只是《南方都市报》异地办报规划中的第一步，倘若成功，其余各地的扩张计划均可照此实行，投入相对较少，风险也自然随之降低。

北京的地缘优势，令杨斌对高端报纸在北京的前景更为看好。他建议办一份全新而不是完全复制《南方都市报》的办报想法和理念，《南方都市报》编委会的意见也渐渐地归于统一，走的是一条介于传统党报和都市报之间的第三条道路，办一份新型主流时政大报。

杨斌办报的天赋，在《南方都市报》时就已经显得淋漓尽致，并多少打上了他的烙印。在编委会的共识下，2002年、2003年前后杨斌做出的具体创新便是，在全国都市类报纸中率先创办了“时评”版，以及设置了与周报周刊竞争的调查类栏目——“深度”。其中“深度”栏目在创办不久就刊发了《孙志刚之死》的报导，“时评”新版也是开一时风气之先。在某种程度上来说，这进一步奠定了《南方都市报》的江湖地位和品牌气质。

“当时《南方都市报》实际每年都有不停的改版调整，2002、2003年主导的改版，算是一个延续，也是报纸发展从自发到自觉遵循新闻专业主义的一个过程而已。”杨斌说，《南方都市报》的成功，终极原因本质上就是两句话，那就是在新闻业务上回归新闻专业主义的常识，在市场上回归报纸市场属性的常识。

这种成功，杨斌认为当时《南方都市报》的改版创新，实际具备了天时、地利和人和。天时那就是当时是整个都市类报纸的发展黄金期，都市类报纸你追我赶，大家都在创新和向前发展；地利就是《南方都市报》地处广东，相对包容和开放并有强大的市场做基础；而人和则是实际是报社同事不断讨论和尝试的结果，甚至是办报经验以及报纸自身发展惯性的使然。

尽管事后总结当时《南方都市报》改版的成功，杨斌如此谦虚将其归纳为天时、地利、人和。但他的创新想法和理念，在报纸上近乎能得到不折不扣甚至超水平的发挥，这和他强大的执行力甚至管理风格有关。他自己就回忆说，当时报纸推出时评版块和栏目时，他甚至苛刻到要求下属在写社论等文章时，不能用一个感叹号，不能用反问号，只能用句号。连标点符号等细节规定都到如此地步。

“作为《南方都市报》最敬业的员工之一，杨斌在工作上精力充沛，一直是让他的同事最为敬佩与头疼的事。他自己每天工作都是十几小时，当他要求你对工作全力以赴的话，你又能说什么呢？”《南方都市报》前员工、现凤凰新媒体副总裁陈志华曾如此回忆杨斌。而当年的一些老员工也回忆，当时很多员工都很怕杨斌，他的口头禅之一就是“你死都要给我死出来”。

正是在这种口头禅的压力之下，这也成就了很多不太可能的报道，最终却呈现在了读者面前。比如当时深圳记者站做出的《深圳，你被谁抛弃》的系列报道，杨斌希望促成当时的深圳市市长于幼军与网文作者“我为伊狂”见面。对这个想法，当时很多编辑记者都觉得过于理想化，认为无论是“我为伊狂”还是于幼军，都会有可以理解的较大的顾虑，更别说是否能及时联系到他们了。但杨斌还是下了死命令，派得力干将魏海波一定要问到于幼军“‘我为伊狂’想和你见面，你同不同意”，最终还真促成两人的历史性见面。香港《明报》评价这是中国内地“开省部级高官与网民对话之先河”。

2003年9月任《新京报》常务副总编的杨斌，在2004年7月接替了对他一直非常欣赏、信任的程益中，出任《新京报》总编。但他也很快在2005年12月28日被迫离任。“出任《新京报》总编的那一天，我就知道了这个结局，想到了有离开的那一天。”杨斌说，由于有思想准备，其实他也没特别的难过，相反他觉得在人生中看是沉重打击的时候，其实也没那么绝对，也孕育着新的希望，“撤职这件事，我得到的比失去的多”。2006年1月，杨斌任南方报业传媒集团驻京办事处副主任。

体制外职业经理人

集团办事处副主任是个虚职。2006年，杨斌基本赋闲在家。

这一年离开职场，他说收获却颇多。那一年，他看了很多书，并接受胡舒立的建议，参加了《财经》杂志和北京大学中国经济研究中心合办的财经奖学金班，去北京大学读了几个月的书，个人生活也重新开始。

也就在这一年，有天他起来刮胡子，突然对着镜子想，胡子不刮会怎么样？一念之间，结果就有了标准的胡子造型，并保留至今。那天在他那间临时的办公室里，他告诉了我许多关于他的故事，包括胡子的来历。中午，他邀请我边吃边谈，说会尽量满足我的要求，一点也看不出当年让很多老员工怕的性格，更没有作为一位著名互联网公司副总裁的高傲。狮子座的他说，当时他没意识到很多人怕他，可能确实"面目可憎"吧。

在吃饭时，他多次提醒我吃饭夹菜，提醒可以吃完后再交谈不迟。他不仅说话条理清楚，记忆力惊人，而且确实有人格魅力。作为编辑起步的他直接告诉我，其实我一开口他就大概知道我要问什么，他会尽量配合回答。和他对话有趣又压力大，他坦言自己可能说的是A，实际想表达的意思是B，作为提问者就要自己去判断不能跟着对方的思路走。对于我对他的爱情八卦问题，他都认真回答，还最后问我还有没什么需要补充的。

在家短暂赋闲一年后，他在胡舒立、程益中等人的举荐下，2007年1月正式入职和讯信息科技有限公司，任董事、副总经理兼总编。这位传统媒体的大腕，终于还是游向了新媒体互联网，并延续至今。他在和讯待了两年两个月，2009年2月底从和讯离职，3月加盟网易出任公司副总裁。

既做过传统媒体又待过互联网领域的他，曾在多次场合表示，互联网和传统媒体的差别，打一个也许并不准确的比方，就像汽车和自行车的差别，表面上看都是交通工具，实际上完全是两个不同的行业，你不要以为你造过自行车，就可以以此为基础造汽车。传统媒体承载的只有内容，互联网承载的除了内容，本身还是渠道、

> 语录
>
> **互联网和传统媒体的差别，打一个也许并不准确的比方，就像汽车和自行车的差别，表面上看都是交通工具，实际上完全是两个不同的行业，你不要以为你造过自行车，就可以以此为基础造汽车。**

终端。对互联网多重属性和可能性的认识，远远大于他对媒体属性和可能性的认识。有次在南方报业传媒集团“全媒体论坛”上，他对着在座的一两百名处级干部说，转型新媒体，你们绝大部分是不合适的，是要被过渡甚至被牺牲的，这些观点也引起当时在座的不少人共鸣。

不仅是转行，实际上他还面临着从体制内向体制外的转型，面临着一个单纯的媒体人向复杂的公司人的转型。他不再是一个体制内的总编，而是一个体制外的职业经理人。对于从大学毕业后到现在的他，他说还是超出了当时的预期。“肯定有不满意的地方，但总体其实我们这一代人还是相对幸运的，总不能什么好处都给你。”在谈到理想和现实时，他说每个人都有自己的局限性，因此人生实际是无法假设也没那么精准的可预见性，跟际遇多少还是有关系。很多事情的发生，在他看来是一个无法预知而是自然而然的过程。他以自己买房为例，2003年他刚在广州买了房子，结果买房子半年后去了北京。等在北京买了房子，他去年又回到了广州。如果可以预见，他说他就完全没必要去折腾买卖房子。

他对年轻人的忠告是多读点书，还要踏实认真地做好事情，并且最好每天问问自己得到了什么，学到了什么。而他本人这些年来的感悟和心态，就是常怀敬畏之心，承认很多事情是有很多不可控因素；常怀平常之心，对于任何事情都不要看得那么重，甚至包括所谓的理想在内；常怀谦卑之心，也不要把自己看得那么重。“平和最重要，最难得。”

已四十不惑的他在中餐期间说，他仍有困惑，内心深处比以前在传统媒体时更忧虑。饭后简单道别后，他转身离开返回他的办公室。与行人相比，站在身后看背影依然能清晰辨认出他并印象深刻：他走路腰板挺得很直，两手摆动明显，走路速度很快，显得气场足而又自信，高高的个子很快就赶上前面的行人并消失在人群中……

人物简介

钭江明，新疆人，毕业于北京国际关系学院中文系。1998年入职《南方都市报》副刊编辑，两年后调任娱乐新闻部，后任体育、国际、娱乐新闻部主任，《南方都市报》编委、总编助理。2000年发起华语电影、华语音乐传媒大奖。2008年加盟《时尚先生》杂志，任《时尚先生》主编。2012年3月，加盟网易，任网易副总编。

同题问答

问：理想是不是骗子？

答：我并不认为理想是自己人生轨迹的推动力，尽管自己被冠之以“理想主义者”的评价，但我却对理想并未有着过于清晰和强烈的意识。人生的转型、平台的转变，更多是一种自然而然发生的。无论是24年前走出新疆，还是4年前走进《时尚先生》，我从未对人生有过刻意的规划和经营。我极少提到“理想”这个字眼，尽管如果认真审视，我所走的每一步，背后其实都有着那个我们叫做“理想”的东西。

钭江明:“地委笔杆子”转型之路

1998年的春天，南国广州的城中村楼房里，一位新疆来的小伙子拿着自己大学时代的抽屉文学，走进了289号《南方日报》大院旁边的那座矮楼。那是一次试图用诗歌敲开的工作面试，不过结果却多少有些让小伙子丧气，即便应聘的还是一份起步不久、前途不明的报纸，答案依旧是拒绝。虽然多年以后，小伙子成了这份报纸的编委，但回忆起当年与这里的初识时，他依旧有着诸多感慨与欷歔。

13年以后，这个叫做钭江明的小伙子，坐在北京世贸天街时尚大厦24楼《时尚先生》主编的办公室里，回忆当年，在沉稳的成熟男人表述风格中，有着难以隐藏的对属于人生青葱岁月时的兴奋。从公务员到一名文字编辑，到转投娱乐新闻，再到涉足对自己来说非常陌生的时尚领域，钭江明说，自己的人生在无规划的机遇中实现着一次次的转型，很难说每一次转型，每一道轨迹转弯的背后，那个叫做“理想”的词语起着怎样的作用。在他的感悟中，理想是无需刻意经营的。

到体制外去

2011年，《南方周末》曾经刊登了一篇《年轻人，到体制去》的文章。文章中引述调查表示，根据最新的居民幸福感调查显示，国家机关党群组织、企事业单位负责人回答“非常幸福”的比例最高。稳定、高福利、有保障、安全感，这些眼下倍显金贵的收益，正在指引着一代中国年轻人向体制内大量回流。最新数据显示，2011年国家公务员考试报名人数逾140万，继2009年以来连续3次超过百万，竞争最激烈的前6个职位考录比例超过3000:1。

但在上世纪90年代，年轻人的价值取向却迥然不同。1993年，从北京国际关系学院中文系毕业的高才生钭江明，服从工作分配回到了老家新疆哈密，在当时的地委机关中从事一份如今令人羡慕不已的文职工作。他主要负责的内容包括帮领导写写发言稿，准备一些工作总结的材料。那个年代的大学生，尤其是在新疆这种边远地区，属于绝对的稀缺资源。毕业于名校，又一表人才，笔杆子出色的钭江明，几乎有着可以预见的光明政治前途。但他面对着时常熬夜写领导发言稿的生活，却感觉“苦闷”。

如果人生只是沿着固定的轨迹前行，钭江明的今天，也许仍在为自己光明的政治前途而奋斗。这个1971年出生的“70后”，自己也能够肯定，如果30年前自己的选择是继续留在体制内，写好自己的文字材料和领导发言稿，几乎能够确定的是，副科、科级、副处、处级……这样的政坛升迁路线，将成为自己的人生履历。并且毋庸置疑，极大的可能是，前景一片大好。“只要不犯什么错误，按部就班地向上走，是必然的结果。”但钭江明日渐对这种确定性感到恐惧，在各种八股式的空洞写作中，这个年轻人开始感到了人生的空虚和无趣，“你坐在办公室里，可以看到30年后的自己是什么样子，日复一日，就在这样的生活中等待30年后的自己。”

时值邓小平发表南方谈话后不久，中国的市场经济体制方向获得了最坚定的肯定。在南方，个体户不再是一被提起来就语带鄙视的工种，“铁饭碗”和“公粮”也逐渐不再那么令人艳羡。越来越多心潮澎湃、想做事情的人开始走出国企、事业单位、国家机关，“下海”开始成为时髦而时尚的代名词。即便是远在千里之外的新疆，在与同学、与外界的信息交流中，钭江明也能够感受到那种呼之欲出，涌动着挣脱体制束缚的冲劲与活力。他开始越发的陷入对这种安稳、枯燥、呆板工作和人生的重新审视中。在与妻子都希望到一个新地方去闯一下的念头下，刚好在这个时候，大学同学张晓舟已经在《南方都市报》，并告之《南方都市报》正在扩版，准备招人。

语录

你做着自己不喜欢的事情，做着不开心的工作，你希望看到自己新的、有活力的人生，这些已经实现了，就已经足够了。

对于27岁的钭江明来说，做出“到体制外去”这个决定时，他并未受到自己要“放弃”什么的影响，甚至在20多年后，面对重新回潮的“到体制内去”的社会变迁，他都从未感到过后悔，“你做着自己不喜欢的事情，做着不开心的工作，你希望看到自己新的、有活力的人生，这些已经实现了，已经足够了。”

“到体制外去”，做出这个决定后，钭江明和自己在广州的同学张晓舟通了一个电话，托他在广州帮自己留意着工作机会。当时在广州，一份全新的报纸刚刚创刊，这份名为《南方都市报》的不起眼小报，在《广州日报》、《羊城晚报》的气势如虹中，不显山不露水，没有人会将之与未来中国报纸行业中“革命性的都市类报纸”崛起相联系，但对已经加盟其中的张晓舟来说，这却是一个为朋友解决落脚地的现实机会。

不久后，工作的消息有了着落，但被相中的却是妻子杨岸，因为创刊初期的《南方都市报》急需美术编辑，而有相关功底的杨岸就顺理成章地加盟了《南方都市报》。就这样，1998年的钭江明，没有找到接收单位，就毅然辞去了在新疆哈密地委的工作，追随妻子，来到了陌生的广州。虽然彼时，他的人生并未敲定新的方向，但在这次几千公里的穿行后，却从此开始了一次彻底的转弯。

诗人转型

陌生城市的起步，总会伴随着各种辛苦不足为外人道。在钭江明极少被谈及的那段时光中，这个带着人生不应虚度的理想，从沉闷的新疆穿越了几千公里，走过大半个中国后来到南方的年轻人，像电视剧《北京人在纽约》中的姜文一样开始了自己的追梦之旅。这一次，他的生活从逼仄嘈杂的广州城中村开始，并在这个高楼包围中的城市化遗留角落中，迎来了自己的找工生涯。

1998年的广州城中村，挤满了各种广州最平易近人的大排档。在紧挨着的握手楼巷陌中间，花上两三块钱，便可以享用一顿有菜有汤的热腾腾的粉面。十余平方米的单间，厨房、厕所一应俱全，几百块钱的房租，让这里不断涌入来自全国的拼闯者。每天清晨，妻子上班后，周围突然安静下来，小小的房间里只剩下了自己。有两个多月的时间里，这就是钭江明的生活状态。“那时候心里多少还是有些发慌的。”

事实上，刚到广州两天后，张晓舟就帮钭江明申请到了一份到《南方都市报》的面试机会。他拿着自己自大学期间便写的一些抽屉文学去面试。虽然以往整天和文字打交道，但在钭江明的个人简历上，却没有一丝一毫能够和媒体沾上边的个人经历：他从未在媒体实习过，没有公开发表过的文章，没有采编经验……这让他胜任这份工作的能力看起来相当“不靠谱”。

主持面试的是当时《南方都市报》副刊的负责人陈朝华，以写得一手好诗闻名《南方都市报》。当诗人遇到诗人，钭江明收到的面试结果是意料之中的拒绝，事后他听说被拒的理由是，“《南方都市报》现在的诗人太多了”。

不过，这次拒绝并未特别打击钭江明的信心。他在朋友的介绍下，开始给一家出版社兼职做图书编辑，闲暇的时候，也开始写一些杂文、随笔，给《南方都市报》投稿，并时不时会在《南方都市报》的副刊上见报。和所有年轻人一样，他在琐碎和平凡中开始另一阶段的人生。到几个月后，他突然接到了曾经拒绝过自己的《南方都市报》的邀请，因为副刊版面临时走了一位编辑，需要人手的《南方都市报》向钭江明发出了邀请函。“其实那时候，我一直在兼职的出版社，也已经敲定了让我转正正式入职了。但我还是选择了去《南方都市报》，也似乎没有什么挣扎和犹豫。”在钭江明的叙述中，从被拒到重新接纳，是一个相当平淡而并无波澜的过程，他甚至从未有过如当下心怀激情与热血的年轻人面对梦想实现般的兴奋与激动，“也没多想什么，就入职工作了。”

同学张晓舟这样描述钭江明在《南方都市报》的开始：“这个我所见过的最天真的人，一直在现实与幻想的夹道中小心翼翼地走动，但即使这样，他都难免迷路，或走着走着把自己的脚弄折了。钭江明的个人生活平淡无奇，一旦有什么事发生，那都堪称奇遇。一年半前他刚来广州时一直找不到工作，只好在街上东逛西逛。有一天他淋着雨浑身湿透地回来了，说迷路了，走着走着进了三元里抗英纪念碑，并发现那儿有两个人躺着吸毒。由于身上的钱不够打的，他是走回来的，走了大半条环市路。一个月前，他向我宣布为纪念其结婚三周年要请我吃饭，吃饭时间我再见到他时，他已是金鸡独立——说是在农林下路走路扭折了脚。此后，一个跳来跳去的人出没于《南方都市报》。”

这个诗人不再在浅吟低唱的诗歌文字中抒发情谊。在工作以后，慢慢发现自己的弱点，他的角色一下子变得“接地气”起来。在最开始的《南方都市报》时间里，钭江明的工作与现在的“娱乐”或者“时尚”状态无关。作为一个副刊编辑，起初他编辑《生活话题》、《老百姓》两个版面。后来，《老百姓》与《生活话题》加上后来延伸出来的版面《民间纪事》，合起来成为一周出一期的《百姓周刊》。钭江明说，自己每次关于《南方都市报》的回忆总是先停留在这段时间里，“不知道为什么。”

《民间纪事》的创刊词里，钭江明写下了这样的文字，“我们一直朝着这个方向努力：坚持用独立的民间的眼光打量周围的现实。我们推崇一种新的纪录历史的方法。那种我们熟悉的四平八稳的历史，像一个正对照相机的人，面孔平庸而虚假。我们不知道那些类似八股的记述与历史真实行进的姿态距离到底有多远。平板的记述后面可能是一群人的哭泣与叫喊、欢呼与跳跃。而过去的历史顶多只记录了那个挥舞着旗子的人的姓名，真正鲜活的东西尘封在逝去的时间里面了。希望您同我们一起来做这件事，来自社会各个层面各个角落的记录者才能提供一幅真正鲜活而全面的历史图景。”

这是钭江明作为一个媒体人职业生涯的开始，在其后的两年多里，他开始接触到来自社会各个层面各个角落的记录者。这种开始似乎贯穿了他此后一路走来的价值判断。无论是做副刊、还是娱乐，甚或时尚，在他的视野中，都有时代情怀、公共情怀。做副刊也是如此，做灯红酒绿的娱乐如此，做香车名品的时尚也是如此。

十几年后，回想在“南方”最初开始的时光，钭江明说，那是一个几乎没有人会画圈圈框框的平台，有什么样的设想，就在版面上操作执行。第一次做版，他跟着感觉走，拿出来的版样去找领导签版，心理还有些忐忑，没想到领导看后还颇感满意。接下来，便有了1998年他在《生活话题》中有关户籍话题和以歧视外来人口为主题等的讨论。

逃离挫败感，娱乐来了

在对工作起步时的回忆中，钭江明会一遍遍地讲述那个让自己有着深切“无力感”的打工作者满延厚的故事:“一个南海的打工者，他最初写了自己坎坷的爱情故事寄来《南方都市报》，发表后却因此变成了工友心目中的会写文章的人。他的稿件后来大部分都是为了工友投诉，有在鞋厂非人的生活、被拖欠的工资、在看录像时被收容罚款……他的稿件，可以视为21世纪初中国经济最发达地区的工人调查报告。他有时会来报社找我，捉紧我的手。我只好跟他一遍遍地解释为什么有的稿子被压住发不了，有的稿子即使见了报也不会起什么作用。”

刊发了那么多老百姓的投诉，但对现实却很少会有什么改变。钭江明后来在自己的回忆中写道，“2003年4月25日，已是‘娱乐’状态的我看到《南方都市报》的封面有一篇报道,《被收容者孙志刚之死》。我对同事顺嘴评点道，新闻部怎么报这种新闻啊，现在SARS卡得严着呢，不是自找苦吃吗？2003年8月2日早晨，我路过家门口的报摊,《取消收容制度》的大标题一时间晃了我的眼，1998年的一些回忆被扯到我的眼底，我哭了。我曾经一遍遍地‘教育’满延厚，你应当先顾好个人的生活，不要总是为那些工友投诉了，因为这些投诉极大地伤害了满延厚的正常生活。

1999年，钭江明对自己的副刊编辑生活感到前所未有的苦闷，没有成就感，亟待逃离无力和挫败感。这一年年底，当时的《南方都市报》娱乐新闻编辑李多钰拉上钭江明来到时任《南方都市报》总编程益中的办公室，提出娱乐新闻扩版的建议时，钭江明几乎是很快就接受了改行做娱乐新闻的调整。他后来说，自己改行去做娱乐新闻，或许是因为满延厚。而加盟娱乐新闻的钭江明，也迎来了《南方都市报》娱乐新闻的春天，从最初的1个版集纳编辑外来稿件，到扩充后的4个版，随后，娱乐新闻继续扩版至8~10个版。

逃到娱乐新闻里，把眼睛睁开，钭江明的心情愉悦了许多。有一首歌唱的是：蒙上眼睛，就以为看不见。落英缤纷美丽，自然可以遮住深黑的渊面。

有意思的是，这种逃离“意外”成就了钭江明另一次媒体新创举的开始。在2000年10月底的某一天，广州五羊新城一家海鲜酒楼内，钭江明和几位《南方都市报》副刊部的同事聊天时，谈到了乐坛上即将上演的各种颁奖礼上，暗箱操作混杂其间。几个人不约而同地想到，自己搞一个公平的奖，推广一些真正的好音乐。后来有人形容，几个理想主义者和一个奖项，就成了如今媒体圈内响当当的“华语传媒大奖”最早的图景。2000年，华语传媒音乐大奖设立后一个月，钭江明就和时任《南方都市报》娱乐新闻部主任的李多钰商量，决定用同样的方式设立华语电影传媒大奖，初衷同样是出于对已有奖项的不满。

这个有着许多想法并且喜欢抓紧动手的娱乐新人，其后在《南方都市报》娱乐新闻版面上尝试《娱乐年鉴》，一次性推出100个版的娱乐新闻报道，再一次引领内地传媒娱乐报道之先。2001年平安夜前夜，《娱乐年鉴》第1期组版，钭江明以《笑容满面》为题做序。他说总有一种力量让我们笑容满面，这是真正领悟了娱乐精神的人才能想到并做得好的事情。

他说，在做娱乐新闻之前，《南方都市报》娱乐新闻报道基本上确定的思路就是以作品为主体，不走与传统娱乐新闻报道相同的纯八卦的风格路线。这种思路一直坚持到今天。而在一部作品的解读、剖析中，有关时代的、社会的内容和因素，自然也成为钭江明所界定的娱乐新闻可以关注的范围。

在娱乐的“落英缤纷”中，娱乐的钭江明挖掘着一个又一个平台。虽然在如今的讲述中，对其间的种种他甚至轻描淡写的代过，不过他的“南方”生涯，却在2004年前后迎来新的高峰。在2004年的华语电影传媒大奖颁奖中，正在经历震荡中的《南方都市报》，由于一些人的去职，从评选到颁奖的整个进程都出现了不少漏洞。颁奖礼结束后，钭江明专程前往香港，向大会主席等表示歉意，并找到报社高层开会检讨传媒奖的定位及体制问题。他在当时的致歉信中写道，“华语电影传媒大奖始于2000年纯洁的热血以及对中国电影评奖现状的极度不满，而事隔4年，我知道已不能用年轻来解释和推诿。”

这个半路出家的娱乐人，在娱乐中做出了自己的成就感。

时尚，新世界

2002年，时任《南方都市报》总编程益中写了一份“点将录”，详细点评了当时充满个性的《南方都市报》人们。在谈到钭江明时，他称时任国际、体育、娱乐新闻部主任的钭江明为“两好先生”。“地球人都知道，原文体部有一个‘两好’先生，他就是钭江明。钭江明当年是从遥远的新疆不远万里来到广州的。他的招牌动作是微笑，30多岁的老男人了，笑起来还贼像一个阳光男孩。钭江明的‘两好’最引人注目的一点就是他对爱妻十年如一日的热爱；第二点则是这位弄墨好手甚至可以把垃圾稿煞有介事地编得满版生辉。说得好听，他会编；说得不好听，他就会搞‘形式主义’。”

在《南方都市报》震荡后的钭江明，也开始了一段自己的职业思考期。

2007年，他选择北上，尽管这看起来似乎并不那么具有“男子汉气概”，尽管意味着再一次放弃和面对未知。但在钭江明，谈到自己的这种举动，则是在讲述幸福。其时，《南方都市报》刚刚计划北上战略，也确实在北京设立了一个北京事业部。这个现在已经相当庞大的团队，在6年前，更多的还只是挂了一块牌子。而北上任《南方都市报》北京事业部主任的钭江明，则在忙碌了8年后，从具体的编务工作脱离出来，变成了实际管理工作，这种状态的改变，也让他最初很不适应。

“那时候基本上就是每天到办公室坐一下，也不会有什么事情，因为确实也没什么工作要处理。”对于忙碌惯了的钭江明来说，这种突然的闲暇时光，让他颇为不自在。他甚至直言，不做事情却拿着《南方都市报》开的还算丰厚的工资，自己都觉得“坐不住”，“我很不习惯这样一种状态。”

于是，这也让突如其来找到他的《时尚先生》的工作机会，正式进入了钭江明的考虑范围。虽然作为一个“南方”人，在感情甚至血液中，“南方”、《南方都市报》在他的人生中已经刻下了难以抹去的深深的痕迹，和一种发自内心的感情上的依恋。但“做事”的念头，对于这个习惯了“做事”状态的人来说，更是真实的人生。

2008年7月30日，钭江明走进《时尚先生》总裁吴泓办公室时，还会怀疑为什么《时尚先生》会选择了一个并不时尚的自己。他说，他对时尚产品的了解很有限，自己的兴趣点主要在于观察乃至参与到社会的点滴变革之中。他也说了自己对《时尚先生》这本杂志的理解。它对中国的理解，对于社会的关怀，对于世界的反应都远远超出人们仅仅出于“时尚”二字发生的想象。

在他看来，选择去《时尚先生》是因为其美版*Esquire*，这个杂志在20世纪60年提出新新闻主义这个概念，而中文版的《时尚先生》，有着这个老牌男性时尚杂志的血脉和传统。钭江明说，这是自己选择它的一个重要原因。

钭江明成了《时尚先生》的执行主编。他开始在北京距离时尚最近的写字楼里办公。时尚集团旗下的诸多时尚品牌，都在《时尚先生》的同一栋写字楼里，他开始出入时尚界的各种派对、时尚品牌发布。尽管他依旧会穿着牛仔裤和休闲外套出出进进自己的办公室，除了比普通人多知道一些顶尖的时尚品牌，他说自己至今不是一个“时尚先生”。“唯一的进步是比没做这份工作时多认识了一些牌子，出席一些场合时，会需要身着正装。”但他确实将自己对《时尚先生》的理解带入了这份杂志。《时尚先生》的面孔，在“钭江明时代”迎来了更突出社会关怀、对公共事务参与的多元化时期。

从汶川地震到明星的社会责任，从思想自由到公共食品安全。他说《时尚先生》作为一本男性杂志，在时尚类期刊共有的时尚品牌、风格、先锋的塑造同时，同样需要关注公共话题、社会话题，因为这同样是当下这个社会精英男性关注的重要内容，作为一本男性时尚杂志，不应该缺位。

如果将这种理念向前拉伸到1998年的《生活话题》，可以在看似截然无关的阳春白雪和下里巴人之间，寻找到某种若隐若现的一以贯之的价值观的理念。对这个社会的关注、对社会变革的点滴推动，从未在钭江明的人生中离席。即便他曾经因为挫败转投娱乐，又曾经因为希望摆脱赋闲而转投时尚。

钭江明并不认为理想是自己人生轨迹的推动力，尽管他被冠之以“理想主义者”的评价，但他却对理想并未有着过于清晰和强烈的意识。在他的讲述中，这种人生的转型、平台的转变，更多是一种自然而然发生的。无论是24年前走出新疆，还是4年前走进《时尚先生》，他说他从未对人生有过刻意的规划和经营。他极少提到“理想”这个字眼，尽管如果认真审视，他所走的每一步，背后其实都有着那个我们叫做“理想”的东西。但他更愿意用轻松随意的目光去打量，理想其实是个蛮沉重的词汇，许多时候，理想也有着人生不能承受之重。

对于当下面对更多现实困境的传媒人，更多带着理想和冲动、家国情怀的年轻人，往往在现实中遭遇种种苦闷的职业环境，钭江明会心平气和地建议这些年轻人选择一件自己想做的事情，坚持下去。即便眼下没有很现实的回报，但能够做自己想做、喜欢做的事情，最终会在其中发现乐趣，挖掘潜力，成就自我。

公民的坚持

从未认为自己是被理想引导着的钭江明，最近一次进入公共话题和公众视野，却是一件与其工作和职位无关的公共事件。这个从5年前开始就发起了寻找黑窑工接力寻人活动的公民，2月26日最新的新浪和腾讯微博上的微博是“今天，第1795天，山西黑窑事件的失踪窑工仍然失踪。网友捐助40000元用于奖励相关线索。”这条寻找失踪黑窑工袁学宇的微博，如今已经转发了75665次。每天转发这条微博，已经成为像吃饭、呼吸一样，成为钭江明每天的生活必须。

他说他做的只是一件小事而已，每天转发，实际上也只是鼠标一点。他有时候甚至不能确定这个孩子是否还在人间，但他有着自己的坚持。这个坚持开始自5年前的2007年7月26日，距离现在已经过去了近1800天。

2007年，钭江明认识了一直在寻找儿子袁学宇的黑窑工家长袁成。2010年4月21日，钭江明在微博上注册了“寻找窑工袁学宇”的账号，从那天开始，钭江明坚持每天转发“寻找窑工袁学宇”的微博。

“这真不需要消耗我什么精力，就是每天有个习惯而已。上了微博，点开，然后加几个字，转一下，很快。另外，我设了‘黑窑工’这个关注话题，每天都会搜索一下。我认同连岳说的：做这些所谓的善事，不要增加这件事本身的难度，不然会影响坚持。”

语录

这真不需要消耗我什么精力，就是每天有个习惯而已。上了微博，点开，然后加几个字，转一下，很快。另外，我设了“黑窑工”这个关注话题，每天都会搜索一下。我认同连岳说的：做这些所谓的善事，不要增加这件事本身的难度，不然会影响坚持。

时间回溯到2007年6月，当时天涯网站有些网友发起一个蓝丝带运动，号召大家广泛传播黑砖窑事件，钭江明是回帖、发帖的积极分子，和诸网友一起试图建一个帖子的高楼，后来引起有关部门对处理黑砖窑事件的关注。当他意识到文字是无力的时候，终于坐不住了，就和一些志愿者一起去了山西省洪洞县。在洪洞县，他了解到黑砖窑在中国已经存在了20年，也是在洪洞县，他陪同寻子的家长目睹的，是基层官员的冷漠与无所谓。

“这是我看到第一桩这么超越底线的事情。我觉得坏人在比恶，而公众对残忍的承受力越来越强。2004年，温总理曾亲自关注黑窑断腿少年张徐勃，而2007年的时候，大家已经遗忘了这一切。”对钭江明来说，每天转发微博就是为了不遗忘。一个简单易行的操作，不一定有实际作用，但是只要在转发，那瞬间似乎就在礼貌地提醒所有人：黑窑事件还存在，请保持记忆。

钭江明碰到过很多黑窑工家长，有些家长痛苦得给自己设定了一个时间期限，说我找两年，两年之后我就以为孩子死了，开始忘记一切过另一种新生活。

钭江明理解那些家长的不得已，也理解普通大众远离苦难事件的逃避心理，由此他才更佩服坚持的袁成。袁成找了孩子3年，一直没放弃，在真正无力的生活中前行。“我会鼓励他说我们一直支持你，不会说你应该出发了，你应该去寻找孩子。当然我也不会去劝他放弃，这个更残忍。我们做这个事情，不就是期待奇迹发生么。我们会看到更多惨烈的事情，本能地想避开，觉得有种无力和沮丧的感觉，而看到他，你会觉得是一个活生生的英雄西西弗斯，很受鼓励。”

袁成是钭江明的朋友，正如那些奢侈品的公关也是钭江明的朋友。作为一个男性时尚杂志的主编，后者是钭江明的工作社交。钭江明觉得这一切并不冲突。他可以打开八卦新闻网页看八卦而同时搜索黑窑工；他也可以一方面在杂志中介绍几万元的奢侈品，而一方面在牛博上，坚持做一个“10元签名和寻子家长一起上路”的活动，号召每个人为那些寻子的家长捐款10元；他一方面安排摄影师拍美女时尚大片，一方面买了DV递给袁成，让袁成记录自己的生活；他可以一方面引导富人享受更优质的生活，另一方面组织“2008和谐春节——黑窑母亲网络交流会”，为黑窑母亲群体及获救窑工派过年红包捐款活动。钭江明觉得帮助这些黑窑母亲脱离苦难和帮助富人更好地生活都是他日常生活的一部分，“我觉得这是不冲突的。热爱时尚的人往往是对美好生活有追求的人，一旦有生活，就会对破坏美好生活的事件感觉痛心。”

身为媒体人，当年钭江明并不是报道黑砖窑事件的众多记者之一，从某个角度来说，钭江明与黑砖窑似乎“没有关系”。他追溯自己之所以坚持在做“一些小事”，也许只是因为2006年，女儿出生了。孩子的出生把他的世界观改变了。

语录

你再也不会想逃避。如果你是有孩子的人，你会觉得你和这个悲观的世界有一种特别绝望的联系。你只想努力去改变一些事情，尽管改变总让你觉得有无力感。

“你再也不会想逃避。如果你是有孩子的人，你会觉得你和这个悲观的世界有一种特别绝望的联系。你只想努力去改变一些事情，尽管改变总让你觉得有无力感。我在山西接触到一个家长，她的一个孩子是失踪的黑窑工，而另一个孩子在美国留学呢。我接触到智障的黑窑工孩子，也接触到有一个大学生被拐卖成了黑窑工……所以，并不是因为你的生活过得不错，你已经是某阶层的人，你就可以逃避这些的，这些事就可能和你无关的。这就是丧钟为谁而鸣的感觉，丧钟并不仅仅为他们而鸣，其实丧钟在为我们每个人而鸣。”

> **语录**
>
> **并不是因为你的生活过得不错，你已经是某阶层的人，你就可以逃避这些的，这些事就可能和你无关的。这就是丧钟为谁而鸣的感觉，丧钟并不仅仅为他们而鸣，其实丧钟在为我们每个人而鸣。**

对这样一种执著和坚持，他说的很随意，正如谈到自己的职业转型，他更多归因为自然。但只有听到他的讲述，看过他在不同领域的文字呈现，你才会知道，当年写诗的那个城中村男人，有着怎样的情怀。只有对理想坚守者，才会有这种平和的心态，因为其实所谓理想的存在，往往就是来自于内心的坚持。

2012年3月，钭江明迎来自己的再一次转型，他正式加盟网易，成为分管网易博客、微博等互动板块的副总编。他说，此前一直有一种让自己与新的媒体形式结合起来的冲动，互联网与报纸、杂志等传统媒体领域有很大不同，这让进入到这一领域的他，有一种兴奋的感觉。有时候，他会有一种“轮回”的感觉：14年前，他在报纸版面上鼓励读者拿起笔来，作为时代的记录者，为每个普通人提供纪录现实的平台。14年后，进入互联网时代的中国，纪录时代已经成为许多人的自觉。而因为有了民间纪录者的自觉，对这个时代的纪录也更为丰富，有了细节和血肉。

第四章

快意江湖爱谁谁

王小山：真实的快刀杀手

他神经兮兮地去抬杠、较劲、挑战，神经兮兮地骂人、得罪人，遇见事儿都“爱谁谁”，但这个社会里，能指出“皇帝没穿衣服”的孩子已所剩无几。他压根儿不想做一个风流倜傥、八面开花的侠客，做个真实的快刀杀手就够了。

马一木：我不是韩寒的影子

他是韩寒杂志的主编，他曾是木子美的朋友，可是他不愿意自己成为名人身后的影子。其实，他也不是马一木，他是马勇。在他眼里，能规划的人生都是索然无味的人生，长了果子就要卖钱的果树也不是好果树。那就做一颗猴面包树吧，慢慢在那边呆着，结自己的果实，这个果实能吃一吃也好，不吃就自己结着。

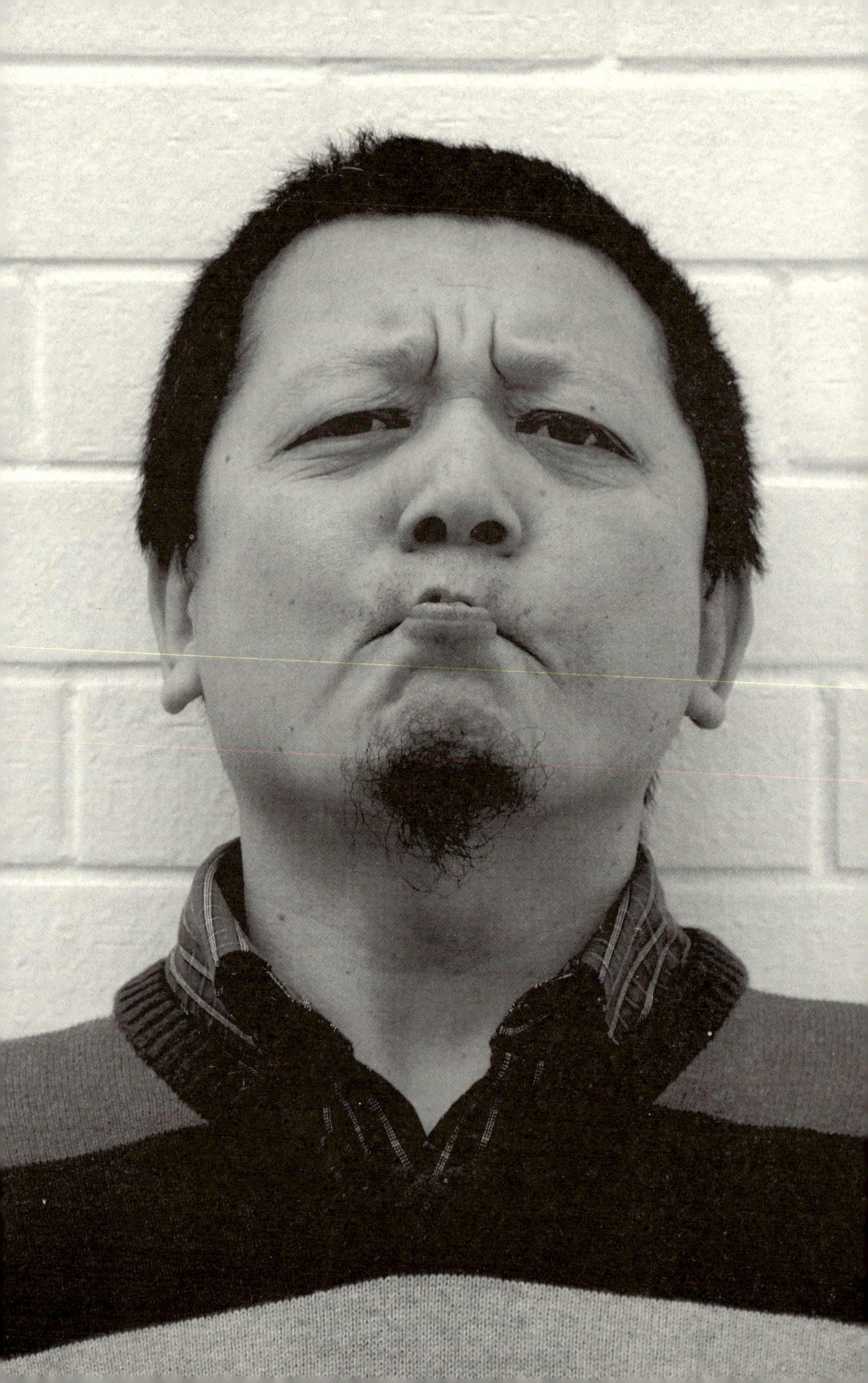

人物简介

王小山曾以“黑心杀手”的笔名开创网络黑通社写作风格。从事过十数种职业，现为北京磨铁图书有限公司创新空间总经理。曾供职于《南方都市报》等多家媒体，为《南方体育》、《南方周末》等媒体撰写专栏，2003年末跟随程益中创建《新京报》，并担任该报首任文化娱乐部主编，而后又曾担任搜狐总编助理等职。

同题问答

问：理想是不是骗子？

答：理想不是骗人的，还是有用的。你要够坚定，足够坚定。你要不够坚定，没有一个长期、稳定的东西撑着你，日子会很难过。

我现在没车就没车了，没所谓的事情，都没关系。你看人家比我小那么多，那么有钱，玩得那么high，你会很不爽。但你要有理想的话，你会觉得这个是无所谓的，没关系的。虽然你会觉得有钱还是会好一些，但是你也会觉得，没有那么多钱也没大碍。

王小山：真实的快刀杀手

用一句话说清王小山是谁，是件不容易的事。像武侠小说写得那样，名字简单的，一般都不是简单的人。

他是网络写手，曾用名“黑心杀手”、“打伞和尚”，红极一时，领尽风骚。他也烙着媒体人的标签。从《南方都市报》、《新京报》到《体育周报》，写稿、做版、开专栏，哪儿聘到他哪儿火。还有人觉得他是音乐人：搞搞演出，卖卖门票，写写乐评，看看民谣，和文艺有关的事总能见他插一脚。当然，微博上的“臭公知”还有他一份。从乐清到蒙牛，微博每天都刷着粉丝的屏。

王小山这三个字加起来虽然只有10画，却有些粗犷、撒丫子不顾一切的味道。有些人离开了江湖，成为传说。但王小山是成为传说好多年，无数人想给他做碑立传——但，嘿，他就仍霸占着江湖的前列线！

“黑心杀手”

他，小心地揭开了这台586的防尘红布，朋友间稀罕的眼神，让他一直对这机器爱护有加。在按下开关后的漫长等待时间里，他把电话线连上了“猫”，心想着下个月要不要买一张包月拨号上网卡更加划算。

这就是一个普通的20世纪90年代网民，他可以叫小张，也可以是小王、小李，名字在网络ID背后反正无关紧要。但他们每天期待着黑色幽默通讯社的“假新闻”，就如同父母辈每天7点要准时收看新闻联播。

在网络的另一端，他们追随的“黑心杀手”就猫在显示器前叼着大烟敲字。虽然，让他连上网的调制解调器还是朋友给的。

“很多年之后，我有个绰号叫西毒。任何人都可以变得狠毒，只要你尝试过什么叫做忌妒。”这段王家卫《东邪西毒》里的台词，很适合当时的屌丝青年王小山，就着北京的沙尘暴背景来上这么一段儿。

自从北京师范大学中文系毕业后，王小山做过老师、书店小二，也卖过珠宝。在成为“黑心杀手”前，他刚从一家科技报纸辞职，和朋友合伙做生意又失败，只能靠着上网打发时间。

有杀手的地方就有江湖，这样想“报复”社会的“杀手”不止王小山一个。那会儿，“红心杀手”王佩正在国营公司卖蔬菜，“灰心杀手”猛小蛇是个金山软件的技术宅男，而“花心杀手”李寻欢则在一家网络公司打工。网络的兴起，让这些百无一用的文科生们找到了存在感，写写杂文、小说、诗歌，在点击率中较量出江湖地位，寻找兄弟知音。

狭路相逢，不如抱团。由于网名里都有个“杀手”，走得又都是讽刺和幽默的路子，这四个文科生便从线上网友成为线下好友，成为黑色幽默通讯社的核心人物。

“来自北京的一股德高望重的冷空气与来自东北的一股势头正猛的暖气团相遇，估计将会带来强烈的降砖过程，请各位观众注意防护，没事不要外出。”

“众所周知，现在的社会已经变成了一个标准的社会，各行业的竞争已经变成了标准之争。为了适应这个新形势的到来，国家教委毅然引进了先进的标准，在高考中首先实施。总的来看效果是好的，为国家培养了大批的标准化人才。”

“著名教授兼故事大王余秋雨先生在他的寓所里向记者发泄了自己心中的不满。他主要是针对自己的作品被严重盗版以及媒体的批评感到双重愤怒才说出这些话的。”

以上就是黑通社的文字，犀利、幽默、刻薄，有着极高的辨识度。这“四大杀手”的共同特点是文采斐然、幽默搞笑，抖出的包袱里不时透出一种小聪明。他们办了一个名为“黑板报”的网站，刊登黑通社的最新消息和稿件，四人你方唱罢我登场，从天气、体育、IT到名人、明星，无一不是他们的调侃对象。

可以说，在那个年代，如果有明星没中过黑通社的枪，出门都不好意思说自己是个腕儿。而作为黑通社老大和主力供稿人，“黑心杀手”王小山就在那时奠定了江湖地位。

被招安

2000年，新千年的阳光照上祖国大地，《南方都市报》在珠三角异军突起。在广州站稳脚跟后，这份野蛮生长的报纸正要从48版扩到76版，不免想从各路“江湖郎中”和“牛鬼蛇神”中挖出一些牛人。王小山凭着网络写手中的名望，成了这家报纸的主要猎物。

招安王小山的电话是庄慎之打的。没思考太多，王小山就接下了这张英雄帖。当时王小山呆腻了北京，正想换个新环境住住——“上网看了看网站，觉得这报纸内容挺好的，就去了。”

副刊的办公室设在《南方日报》旧大楼，每三口人圈一屋。在王小山的办公室里，有一台老式卡带录音机，做着谁的专题，它就放着谁的歌。这样一伙人，做罗大佑的时候唱罗大佑，做崔健的时候就唱崔健，版面就随着歌声放肆地驰骋。这样的做版现场，最后一口气儿产出了9个版的罗大佑和8个版的崔健。

在王小山的表述里，当时颇有一点魏晋时期的感觉，但和竹林七“闲”又不一样，他坚持认为他们是“爱劳动的魏晋人”。

将王小山收入麾下，渐渐显露出这套“野路子”用人的性价比。王小山每周除了做6个版，每天还贡献一个专栏，逢上欧洲杯、奥运会，就兼顾着写稿子和评论。

活计虽然多，但因为每块都是兴趣，王小山写稿也快得很，操练起来都是小菜一碟。“去的时候没想那么多，后来发现它是个非常有活力的地方，工作很开心，另外同事关系很好，做的内容有意思，有发挥余地。”

王小山有时调侃自己，进《南方都市报》报到的时候已经33岁了，属于同一批中的大龄青年。

当时和他同一批进报社的有窦婉茹、钭江明、张超、蒋明、谢晓等，这些人后来都成了各大媒体文娱版块的大佬级人物，他们的品位现在直接决定着国内大众能看到什么时尚。放到十余年后来回顾，当时能把这一拨儿神人凑一起，一定是天降祥云，星有异象。

有句话叫“再多各自牛逼的时光，也比不上一起傻逼的岁月”。在王小山的大脑里就记着一个蒋明的例子：刚接手电影版时，蒋明对庄慎之说自己不懂电影，庄慎之答他“你做着做着就懂了”。之后的一年，蒋明平均每天看三到五部电影，很快就成了专家。

这种专业主义的精神，深深根植在《南方都市报》人的身上，也让王小山之后再遇到《南方都市报》人，总会感到“很信得过，对各方面都很有信心”。

《南方都市报》的工作时光给了王小山驰骋才华的空间，还有相对宽裕的物质条件。在2000年，《南方都市报》的收入水平是整个媒体圈的标杆：每个月的工资单里，王小山光专栏收入就有三千多，加上做版的工资，每个月破万并非难事。在广州，王小山除了租房，就是喝酒，生活比在北京着实滋润了不少。

而与此同时，王小山每日渐长的名气，也为报社带来不少人气和读者。延续他黑通社风格的“大话明星”专栏，写得一个个明星暗咳鲜血又不好发作。犀利、快意的文字首次登上正规媒体，顿时引来了大量的拥趸。

如果说《南方都市报》在之后日渐成为一张有个性的报纸，那这个性里一定能扒出大量王小山的基因。

老板，再来十个炒土豆片

在《南方都市报》的时候，王小山还没戒酒，同事中大多数也都没成家。每天签完版后，喝酒夜宵是广州生活的例盘菜。

有时做完版，王小山会对身边的人开玩笑：有没有人请作家吃饭的？没人搭理他。于是他又问：有没有想被作家请吃饭的？大家便眉开眼笑着一起下楼。

王小山嗜酒，能喝，这在媒体圈中是有名的。不少人都是在酒局上和“山哥”拜了码头。而王小山所租住的绘新公寓，在不少广州酒鬼心中，更是一个桃花源般的存在。

绘新公寓坐落在客村立交附近，由南方报社大院再往南3公里路，被客村包围着。“客村”这个名字充满了乡愁感，环境却糟糕得让人难以留恋——但是只要穿过城中村，洋气的绘新公寓就能映入眼帘。相传这里原本是一个工厂，被下海诗人黎明鹏间隔成公寓出租，之后便成了文化人的集散地，空气中都散发着文艺的荷尔蒙。

绘新公寓7楼，有一块空中花园。花园的一边儿是一块荷花池，清澈的池水里养着观赏鱼，而一边儿则摆放着不少花瓶，里面种满了不具名的各色亚热带植物。花园中间有个适宜吃夜宵的小饭馆，虽然只会炒五六个菜，但这里的小巧优雅，在烦嚣的城中村中营造出了一种世外桃源感，让人容易忘记姓啥名谁。

有一回，同住在一个小区的摄影记者王轶庶感冒了。王小山和众兄弟们听闻有人生病，欣欣然相约前往——探病是假，组局是真，最后60多人的大队浩浩荡荡上了空中花园。空中花园的小饭馆，桌子仅一张，围满只能坐12个人。但对这群“文化匪徒”来说，空间显然不是主要矛盾。

“老板，再来十个炒土豆片儿！”60多人人手一瓶酒，里三层外三层地围成了个同心圆，照样吃喝起来。吃过一会儿，外圈的人就拍拍内圈人的肩膀，“哎哎哎，出来出来，该我吃几口了！”里外换个位子，挪到圆心继续吃。

这60多人里，并非只有《南方都市报》的同胞，还有来自广州其他媒体的记者、编辑、作家、诗人、艺术家。这种飘满酒精的日子，王小山用了三个“特别”来形容——特别开心，特别好，特别幸福。但在他离开广州后，原东家也不再继续经营绘新公寓，盛极一时的客村酒局也便成了旧时记忆。

“2002年3月24日，一夜未眠的王小山，轻轻带上卧室的门。他穿过被绘新公寓的人称为‘空中花园’的绿化带，看了看被春风吹皱的鱼翅。”在好友许庆亮的笔下，这位“杀手”的离去被描绘得忧伤而多情。

当领导

王小山在《南方都市报》一共呆了21个月，因为要给父母治病，在2002年初他回了北京。“本来也没有特别想离开《南方都市报》，也是因为家里的事情才离开，我爸我妈从来没有在南方待过，在北方待惯了。”告别乌托邦一样的南方，王小山有些怅然。

在离开《南方都市报》的一年半中，王小山除了陪伴父母治疗，一直继续给各个报纸杂志供着专栏。手快、好读、易沟通，王小山是不少专栏编辑的心头好，一年下来倒也写了千篇稿子。在2002年后，但凡翻开一本杂志，少有没王小山专栏的。他从未淡出公众视线，“山粉们”对那专栏下的签名字体，简直比自己信用卡签单的字迹还要熟稔。

但对王小山来说，北京这座城市看上去热闹，实际却让人更加孤独。漂了一年半后，转机从老东家传来——2004年9月4日，一支想要重辟疆土的《南方都市报》大军在珠江豪歌北上，程益中带着170多人马要来首都搅动报业市场。

刚到北京第二天，程益中给王小山打了电话，“小山，来喝酒！”王小山知道传说中的“南人北报”要办起来了，欣然赴会。在酒桌上，一同来京的老同事们，与王小山一拍即合，新报纸的副刊有人了！考虑到王小山的脾气性子不愿意管人，他最初就以“主笔”的名义进了《新京报》。

与北京媒体当时的混沌状态不同，《新京报》的团队带着南方的理想主义种子。王小山后来做上主编，在他带领下的C叠，彻底改变了北京文化娱乐报道的生态，让一个副刊做成了报纸的品牌。

有一日在微博上，潘采夫发了一张王小山的旧照片：头发乌黑微卷，眼光忧郁犀利。这被网友评为“曾经最能代表《新京报》气质的一张脸”，还纷纷表示自己就是因为这张脸订的《新京报》。

语录

哥将忧郁气质、理想主义、新闻原教旨主义、积极的悲观主义、小市民生存哲学及江湖百晓生的能力完美结合，成为早期《新京报》的完美标志。

“哥将忧郁气质、理想主

义、新闻原教旨主义、积极的悲观主义、小市民生存哲学及江湖百晓生的能力完美结合，成为早期《新京报》的完美标志，佩服啊佩服。”王小山这么回复网友道。

在武侠电影里，“杀手”是不能有归属的，当他稍稍感到舒适，人生的巨大变动就会到来。2005年底《新京报》原“南方系”领导层集体离职。楚歌吹起哀鸿遍野，天要下雨娘要嫁人，《新京报》要“去《南方都市报》化”。

“在最悲观的时候，《南方都市报》的人也是会朝着光明的那面去想，朝着那里去努力。虽然很多人是悲观主义者，但是都很乐观地去面对现实。”王小山说，骨子里只要流着《南方都市报》的血，这些人就不会变犬儒。

圈内人很快留意到，王小山追随着程益中等人去了《体育周报》，重新做起记者。之后，王小山也去过搜狐文学、盛大榕树下，经历了多次的职场变动。但明眼人也看得出来，其中多少是江湖义气的成分居多。其中有些短暂得还没来得及广而告之，就再次无疾而终。

“我想这是他职业生涯里唯一做得像模像样的职业管理人岗位，”提及王小山在《新京报》的时光，旧领导李多钰曾说。

亲爱的死鬼

在十几年的变故中，唯一没有改变的，或许就是王小山仍旧是个网虫。对这样从网络出道的“杀手”来说，网络才是他最游刃有余的道场。2009年8月14日，新浪微博开始内测。半个月后，王小山发出了自己第一条微博。仅用了两年，他就又成了一个微博现象——“万能的@王小山”。

从王小山的微博记录来看，自9月1日起，回答网友各式各样的古怪提问就成了一种习惯。从解梦、测字、买体彩，到逃婚、离职、闹分手，王小山扮演着全能型“知道分子”。只有网友提不出的问题，没有王小山解不了的答案。

除了扮演万能上帝，微博还增长了“山杠爷”的抬杠水平。无论你说什么，王小山总能找到一个角度，跟你抬上这么几回杠。除了伍皓、窦含章、染香等常年出现在王小山骂战榜的名人，各明星的脑残粉也是王小山微博上的常客。而王小山的偏执，常常让这骂战变得旷日持久，连续数日甚至数月刷屏。

语录

在《南方都市报》里，虽然很多人是悲观主义者，但是都很乐观地去面对现实。有一点儿魏晋时期的感觉，不过更勤奋些，是“爱劳动的魏晋人”。

有时抬着抬着，真还就被钉在杠上了。2010年末，乐清的离奇车祸引发微博热议。在最初，王小山认为是谋杀，而窦含章认为是普通交通意外。两人骂着骂着较起劲来，便相约一起去当地围观。

相比同时出发的于建嵘、律师彭剑两组调查团，王小山将自己称为“低端网友围观团”。在回京后，王小山将此次调查分成44条小段，写成“乐清之行”。在总结里，他最后写：“没有结论，因为找不到支持谋杀观点的证据，也找不到车祸瞬间目击证人。我心里有倾向，但没证据的话不说。”

这种因“较劲”而发起的公民围观，并未给王小山带来什么好处。相反，他受到了史无前例的质疑。网友显然并不相信这是一场

“普通的交通事故”。

经历乐清事件后，王小山曾黯然离开过一段时间。但好了伤疤就忘了疼，在乐清事件过去差不多一年的时候，王小山又在微博上发起了轰轰烈烈的“抵制蒙牛”行动——12月27日上午9时，该行动第一声枪响鸣起，王小山发出微博抵制蒙牛。到了3月和4月，人气偶像韩庚和杨幂因代言蒙牛产品也相继被卷入王小山的炮轰之列。

王小山每天在微博上疯狂@两位明星，提醒艺人应有社会责任感，结果遭来对方粉丝的攻击和讽刺。不少网友把“旧账”翻出，再一次质疑起王小山的行为动机。在这个万事讲究和谐的时代，对王小山这样偏执的人，含蓄地来说是不合时宜，直接说来则是——丫就是个神经病!

其实10年前，在王小山出版文集《亲爱的死鬼》时，同事余少镭在书序《走上神坛的王小山》里面就直言不讳地写——“神坛”的“神”，跟“神经病”的“神”同义。王小山的“神”——“一句话，见过‘神’的，没见过这么‘神’的。”

但不可否认的是，王小山这样的大“神”，在大多朋友和追随者眼里是可爱的。他神经兮兮地去抬杠、较劲、挑战，神经兮兮地骂人、得罪人，遇见事儿都“爱谁谁”，但这个社会里，能指出“皇帝没穿衣服”的孩子已所剩无几。他压根儿不想做一个风流倜傥、八面开花的侠客，做个真实的快刀杀手就够了。

时至今日，言语的非议已伤不到王小山，对于投来的明枪暗箭，他总是笑嘻嘻地收入囊中。在他新浪微博里，个人标签有9个：做美梦、爱热闹、喜发呆、没养分、爱数学、家教差、一根筋、偏执狂、神经病。反对者想骂的，台词早被作为自我介绍给抢了——

虽然这更让人恨得牙痒痒。

爷不在乎

北京的一月，干燥而冷冽。磨铁图书有限公司里的暖气，却烘得人只想穿薄衫。在见王小山前，我给三个朋友发了短信：我要去见王小山了。第一个朋友回我，别在他面前喝蒙牛。第二个朋友说，王小山骂过的傻逼又要多一个了。第三个，则因为我替他把偶像见了，对我各种羡慕嫉妒恨。

“磨铁”这俩字看上去老旧，充满了沧桑感，像那些开在北京798、创意园有着红砖墙的工作室。但现实中，磨铁创新空间是一栋双层的小白楼，坐落在安贞桥北京教育考试中心大院内。刷过的外墙洁白崭新，纯净如一个初生的婴儿。而创新空间的logo，是一只由句号和逗号组成的葫芦，绿色和黑色，简单而年轻。

这是王小山的新根据地，他如今的名片上写着：王小山，北京磨铁图书有限公司创新空间总经理。这是他自2011年4月25日开始的又一个社会身份。

沿着小白楼的旋转扶梯上楼，王小山的办公室就在二层。办公室不大，十来个平方。王小山背靠着一整墙的书，有些是磨铁出的，还有些则是朋友送来的新书、样书。书架上有一副昂山素季的特写，那是朋友王轶庶在缅甸采访后寄来的。被老友挂念着，总让王小山很开心。

桌上放着两个玻璃烟缸，烟缸里有一堆刚吸过的烟头。王小山虽然号称戒了酒，但还没有戒烟，仍然是个大烟鬼。“你坐一会儿，我发个邮件，”他噼噼啪啪敲起字，不急不躁地，颇有点“山在那儿”这么一回事。那悠然的样子让人一点也想不到，黑通社“黑心杀手”的那些帖子也是这么来的。

“没有了，这种日子没有了，后来走到哪儿都想营造这种氛围。但是有的时候比较难，刻意的反倒不容易。”说起十多年前的旧人旧事，王小山称那是一段很好的经历，影响了后半生的日子，让他对一些事情更坚定，也更乐观。

在现在的磨铁创新空间，与他共事的作家麦子在十年前和他前后脚进的《南方都市报》，而阿丁则是《新京报》曾经的体育部主任。这种南方的理想主义情结，在王小山现在做的“铁葫芦图书”仍是主流。“铁肩担道义，葫芦藏好书，”老板沈浩波扬言，“铁葫芦”的初衷就是传播文化，对于有些好书，哪怕赔钱也卖。

语录

理想不是骗人的，还是有用的。你要够坚定，足够坚定。你要不够坚定，没有一个长期、稳定的东西撑着你，日子会很难过。

王小山说，和《南方都市报》出来的人一起会很自然，因为各自的价值观大致相似。离开多年，王小山现在做演出，都会给《南方都市报》的人打电话，朋友们也不问他要免费票，都是自己掏钱买。

“他们开朗，乐观，内心会有自己的底线，对事情的看法差不多，又有能力去推动些什么。说得冠冕堂皇一点，就是想要推动文明进步，不单纯是为了养个家胡个口之类的。仅从物质上来说，大家的能力能获得更好的东西，但是大家还是不太愿意做所谓那种蝇营狗苟的事情，还是想做自己想做的事情。”王小山说。

在充满是非的最近两年，王小山爬了乞力马扎罗山，也曾在海上扬帆环游。他实现了自己在大学毕业时候的理想——赚钱抽得起

语录

这个时代我就应该生在这个时代，这个时代我就应该做这些事情，吃了这些苦也没关系。我特别喜欢这种心态。每一天你都得好好过，你这样才能过好。

红塔山，去一趟巴黎，在海鸣威、马蒂斯、吉拉德、屠格涅夫呆过的路德曼酒吧喝了一晚上酒。

下一步，王小山给自己设了两个目标，被他自喻为“基本实现不了的那种理想”：一要游历一百多个国家，二是要登上珠峰。虽然钱、时间、身体都是干扰因素，但他觉得，有个念想日子会有趣一点儿。

“我想应该是这样，所以理想不是骗人的，还是有用的。你要够坚定，足够坚定。你要不够坚定，没有一个长期、稳定的东西撑着你，日子会很难过。”

王小山还半自嘲地开玩笑道，“说实话理想还是利已的，要不你赚点钱，明天还房贷，后天人家都有车了我还没有，那你会很烦。我现在没车就没车了，没所谓的事情，都没关系。你看人家比我小那么多，那么有钱，玩得那么high，你会很不爽。但你要有理想的话，你会觉得这个是无所谓的，没关系的。虽然你会觉得有钱还是会好一些，但是你也会觉得，没有那么多钱也没大碍。”

那种“爷不在乎”的神态让人想起王朔，虽然很多人压根从开始就没分清过王朔和王小山。

对王小山来说，一个大老爷们儿现在还谈“理想”，多少有些不好意思。于是他接着把这个词改成了“想法”，“很多都是心里面的一种东西，没有要把它们说得天下都知道”，“物质生产者给予物质奖励，精神生产者给予精神奖励嘛”。

“这个时代我就应该生在这个时代，这个时代我就应该做这些事情，吃了这些苦也没关系。我特别喜欢这种心态。每一天你都得好好过，你这样才能过好。”他举了吴祖光的例子：经常有人说吴祖光右派，被发到北大荒，吃了多少苦怎么样，但吴祖光后来给自己写了四个字，也回答了朋友的说法——生正逢时。“我觉得我做的是对的就行了，现在活得很踏实。”

中午，有一个女同事要离开“铁葫芦”团队，王小山就拉起一伙人去附近的羊肉店为她送行。“见完了，耐心、温厚、有人情味儿。走近了看，还真不太一样。”我也给三个朋友回了短信。

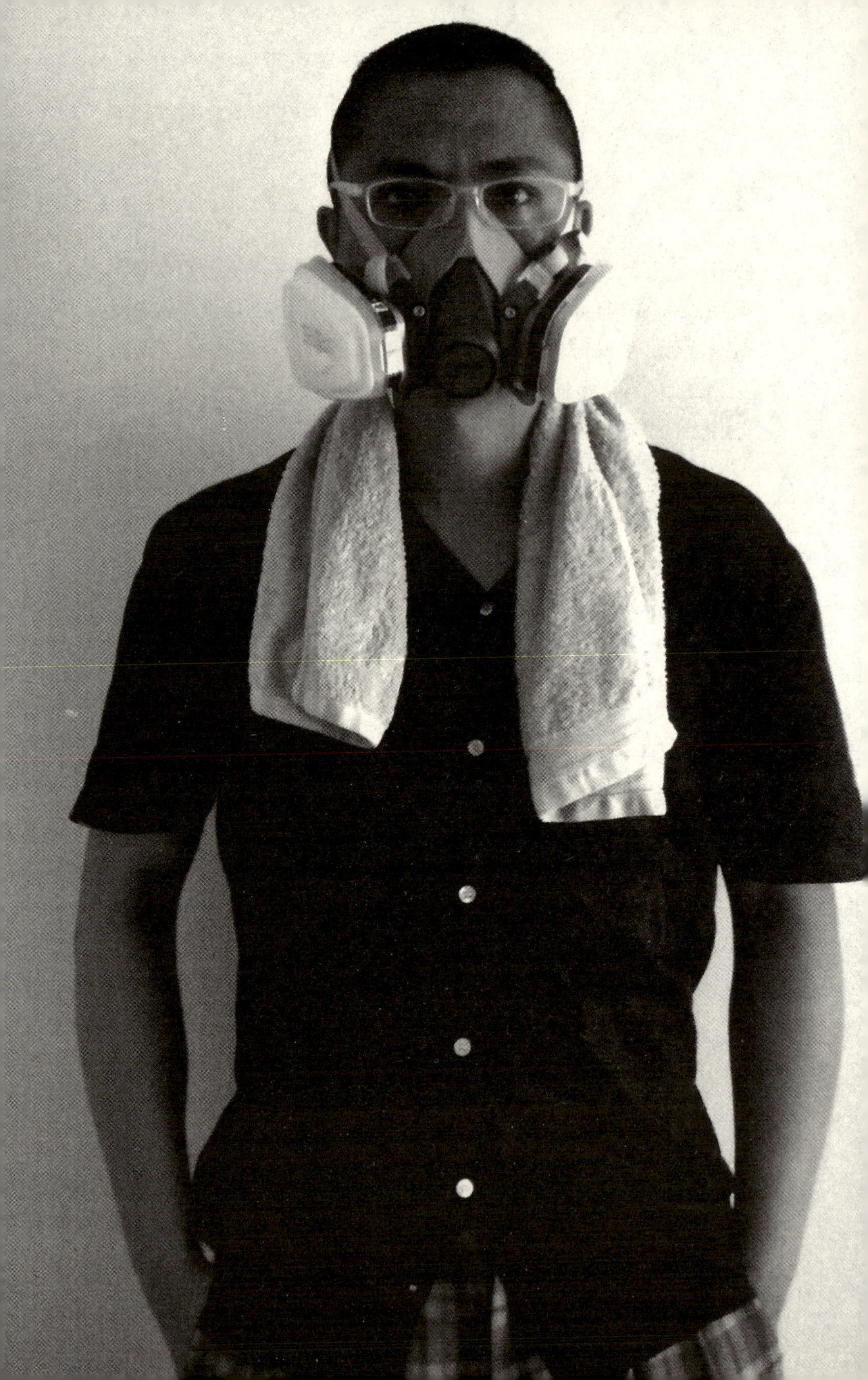

人物简介

马一木，原名马勇，生于1978年，在《南方都市报》城市杂志中心工作了6年，曾担任《南方都市报》城市杂志中心副主编。离开《南方都市报》后，先后在《时尚先生》出任专题编辑总监、《独唱团》执行主编。现为《一个》网络杂志执行主编。

同题问答

问：理想到底是不是骗子？

答：理想，无非是一件或者一系列指令实现后的追述，如果没实现，那只是幻觉。与其鼓吹理想，我更看重自己或者他人设定指令以及实现指令的能力。

马一木：我不是韩寒的影子

2001年，纽约世贸中心遭袭，安乐死在荷兰合法化，小泉纯一郎参拜靖国神社，中国加入WTO，《卧虎藏龙》捧获奥斯卡奖……同年，有个叫马勇的男青年自南京大学毕业。当然，更多人知道的是他后来用的名字，马一木。

走出校园时，曾有招聘者问这名青年：你有什么人生规划？22岁的马一木心里想，能规划的人生都是一个索然无味的人生。

这个不规划的青年，一头闯入了媒体圈。

“小马，我们聊聊吧”

从广州只身来到上海，马一木租住在单位所在的汉口路。这条小马路全长不过1公里，15分钟即可走完，距离“十里洋场”南京路步行街也仅一步之遥。在汉口路最东面的角落，是中国报业的发源地，著名的《申报》在这里创刊。

马一木，就在这条路上的一间小地下室里住了半年，在全国各省籍人士的脚臭味中，开启了他的职业生涯。

当时马一木供职的报社，职工平均年龄在40岁左右，每个人都将媒体当做党政机关一样的铁饭碗。和他同时实习的学生有30名，由于原职工流动率低，这群学生难免僧多粥少。在不断的淘汰中，马一木成了唯一留下来的幸运儿。

语录

好的报道永远是让人不安的。让人不安的时候，你可能找到了人们一直在寻找而不得的词汇，说出了藏在事物内部的秘密，揭示了人们渴求的真相。

相比老员工，刚毕业的马一木写稿勤奋，正式入职后每个月稿费基本维持在八千左右。这对于平均稿费并不高的上海媒体来说，几乎是天文数字。

有一天，领导在食堂吃饭时叫住了马一木，“小马我们聊聊吧。”聊什么呢，不会聊理想吧？忐忑的马一木在吃完饭就听到了一句话：“小马你的收入现在太高了。”

马一木当然知道这一谈背后的潜台词——后一个月，无论他写多少稿子，工资条里只有基本工资1800元。再等了一个月，结果还是1800元。面对马一木的异议，领导给出了中年人的万金油句式：想当年我……年轻人可以慢慢来。

“年轻人确实可以慢慢来，但是得有个规则告诉我，因为我会迷茫的。”马一木不想拥有一个无限迷茫的22岁，因为这不是马一木该有的22岁。

这时，他接到了高中同学木子美的电话：《南方都市报》在招人。

主动传播“谣言”

2002年，时值《南方都市报》团队刚起步，正处于暴得大名、迅速跃升的阶段。广州的289号集团大院，马一木也并不陌生，这是他大学实习的所在地。这股南方乌托邦吹来的理想主义之风，此刻特别像是一个诱惑，或者说至少“是个不太迷茫的选项”。对马一木来说，它吹得正是时候。

木子美向《南方都市报》领导推荐了马一木，并给了马一木对方的电话和邮箱。进《南方都市报》的面试简单而快速，当时《南方都市报》的副总编任天阳看了他聊了下觉得很不错，说第二天就可以上班了。面完试，马一木搭飞机回上海，“算上来广州的机票，正好用掉了在上海单位的当月工资，1800元。”

2002年2月20日，农历正月初九。过完春节后，马一木办好在上海的离职手续，随即就来到了《南方都市报》。关于他的入职，坊间还曾流传过一段他主动传播的“谣言”。

在深圳、广州两地杂志部2003年年会上，同事们之间互相问着来《南方都市报》的前后因果。马一木一时兴起就编了一个说法：自己其实是上步路1021号的门卫，一直敬仰《南方都市报》，被《南方都市报》改变了人生观，找到了人生的价值，就不停地给《南方都市报》投稿。因为只差4层楼，就拿了作品上楼找领导毛遂自荐，结果就得到了录用。

有意思的是，这个杜撰出来的玩笑，在场的广州同事都深信不疑。“这能看出当时的《南方都市报》是真的不论你出处的，你要说这个到其他媒体，就是个天方夜谭。”马一木回忆，当时同时进《南方都市报》的，几乎都是一拨不论出身的民间奇人，高中生、江湖郎中，什么人都有。王小山、张晓舟，还有同一个办公室的谢湘南，都是个中典型。

撒野去做

正式入职的那天，马一木对记者站的墙壁留下了深刻的印象。墙壁上密密麻麻贴满了写有ABCD的各种稿件评级：评A的稿子是多少钱，评B的稿子是多少钱，每篇稿子的价值在什么位置，作者和旁人都一目了然。评分者公平、客观，作者的才华也能得到肯定——这次，一切好像不太一样。

“就交给你，跟着一个指定的老师撒野去做吧，”刚入职第一周，报社领导便把“摩登时代”版面划给马一木。在视才若宝的《南方都市报》，马一木很快有了一片自己驰骋的田地。不多久，他也有了首篇带来成就感的作品。以上海时装周为背景的采访中，马一木写了一篇评述整个时尚产业看法的文章，虽然全文仅800字，但最后拿到了1000元的稿费。

平等、不论资排辈、以人为考量单位来论定你的价值，《南方都市报》如同一台强大的理念输出机，在源源不断地给马一木输出理念。“你可以不直呼领导叫什么总，你可以叫陈朝华为华哥，你可以聚餐不等领导到先吃起来……挺放肆的，而这种思想的放肆是互相会鼓励的。”

距离广州200公里，马一木眼里的深圳是个没有包袱的城市，自由、年轻，一切都在等着被创造。和报社广州总部相隔200公里的深圳记者站也是如此。在深圳，马一木住过上步路军区大院，进门就是一张床，条件并不比在上海汉口路的地下室好多少。但是，这又怎样？

部门里30来个的同事，大家每天都上演着现实版的《老友记》。为一个选题，为已经做完的版面讨论，看看是不是会做得更好。一晚上四五拨聚会，去了一个地方，久久不愿意散去，又去另外一个地方，一夜连喝数场，把酒畅聊。

这种回想来不可思议的日子，恰是马一木当时的生活常态。而文化先锋城市巡访、深圳小姐选美、生活大奖等一枚枚漂亮策划，都在这种酒精弥漫的日子里被一一点燃。

这些充满传奇的时光，马一木一直待在深圳杂志部的四楼办公室。用自由来形容部门里的气氛，可能还不足以表达当时的疯狂。在不影响别人的情况下，同事们放着DJ舞曲，将音量调到很大，而马一木则在每周五演绎着他“酒后驾版”的传奇。

如果工作是一门宗教，那每周五就是马一木的“弥撒日”。一天内完成8个版的量，是现在的编辑难以想象的。在“弥撒日”前夜到“弥撒日”结束的24个小时里，马一木的日子是这么过的：

周四晚上和朋友喝酒，醉醺醺喝到凌晨，然后熬夜不睡——周五到了办公室，飘着酒精味在电脑前猛做版，打了鸡血似的一个个做完——做完版后，马一木就如同乞丐一般，躺在振兴路紫荆城门口的长椅上呼呼大睡……

弥撒日结束，马一木如同一具奉献给工作的祭品，神情悲壮又满足。

马一木喜欢用古希腊神话里的酒神和日神，比喻当时的部门氛围：酒神是放纵的，发散的，鼓励创造的，不羁于人们认为的既定真理；而日神是太阳，太阳就是真理，就是追求不变的规则，就是新闻专业主义，就是无论你是不是喝到凌晨烂醉来工作，我只看你最后的东西，我只追求我的真理。

对天秤座的马一木来说，《南方都市报》这种“乱”和“质”互相匹配的平衡感刚好吻合了他的内在频率。在报社，他的过人才华很快得到赏识。第二年，他升为部门副主任，也是当时集团最年轻的副主任。此外，马一木还在很长时间内保持着全《南方都市报》的月做版记录——1个月内做了80个版，拿了2万多元。收入超出老总，让庄慎之都吓了一跳。

“如果对应一个朝代，更像是战国或者魏晋这两个朝代，大家各显灵通。或者更像是天桥表演，你只管拿出你的活计来。”马一木说。

穿梭在高级场所的土鳖

“总有一天你会像蒲公英种子一样被吹散，《南方都市报》像是一颗榕树，我们被吹散到各个地方扎根，能长成什么样算什么样。”

2008年的元宵节清早，马一木被楼下家乐福的吵闹声叫醒，决定离开深圳这座城市。多年来都市报的快节奏工作令马一木感到了疲累，他想看看办媒体办杂志有没有其他可能性，“我并不是说这个地方不好，就想看天外还有没有天。”

当时，同为“前《南方都市报》人”的钭江明赴京接管《时尚先生》，马一木受邀后决定前往一试，出任专题编辑总监。纵观当时的时尚杂志，大多为时尚圈内人所办。但钭江明接手后却找了许多从事过报纸、媒体的人去做。

《南方都市报》的精神财富这次被带到了北京，带到了时尚大厦。如榕树的种子一般，在时尚界生根发芽。公平地与领导讨论选题，付出智力的同时，也获得同仁的呼应和肯定——在《时尚先生》的时光，除了需要背一套gucci之类的西服，成为一名穿梭在高级场所的土鳖外，对马一木来说和在《南方都市报》没什么区别。

虽然后来由于身体有恙，马一木只得离开了《时尚先生》，但这本杂志让他看到了更大的世界。"《南方都市报》最珍贵的财富在于一直在探讨什么是一个人的共同体，"在马一木看来，《南方都市报》人挺有原始的野性，都是被结果推着走。这场《南方都市报》人与时尚杂志的碰撞，让他感觉"土鳖有野性"也是一种独特的时尚魅力。

在新浪微博上，马一木曾经的个人认证是"《独唱团》执行主编"。

与韩寒结识缘于《时尚先生》的一次专访。要采访对媒体没什么好感的韩寒本不是件容易事，何况两人素昧平生。马一木抱着试试的想法，在采访前从北京飞了上海两次，就找韩寒纯聊天。

《独唱团》

没想到从电影、文学到女人、游戏，马一木和韩寒都聊得投机，"他发现，你是可以和我（韩寒）聊天的，就接受了采访。"而就在这次交流中，韩寒向马一木提到想要办本文艺杂志，也就是后来人尽皆知的《独唱团》。

此时的马一木在思考，如果将工作的周期拉长一些，一个月只做一件事情，这种节奏会带来什么。因病离开《时尚先生》后不久，韩寒的《独唱团》也有了眉目，前去帮忙的马一木，自然地成为这本杂志的执行主编。

在马一木对2009年的个人盘点里，他在博客上写道，"对了，我到了韩寒杂志。这在2009年，应该是一件重要的事。虽然暂时我不觉得这很重要。每个人都会觉得自己在世界的十字路口，用高分贝证明自己的重要，我不想那样。我喜欢我的孙子或者老朋友们，在很老很老的时候，对我说，你很屌。”

2010年7月6日，《独唱团》呱呱坠地。首印的50万册两天内就全部发完，多地脱销。

但6个月不到，12月26日晚12点，马一木以《独唱团》主编身份在微博上宣布，《独唱团》第二期中止，团队解散，“岁月长，衣衫薄，同学们，就此别过，我爱你们。”

> 语录
>
> **新闻从业者要把自己当做个创造者。报社给你的是货架，你来创造货架上的产品，你来赋予它们光芒。**

在博客上，韩寒完整回顾了《独唱团》历程，并向公众证实，《独唱团》的确已经无限期地停止。至于工作团队，韩寒在博客中写道，“《独唱团》的团队原地解散，留一人处理善后，公司将继续全薪供养所有员工半年，作为大家另寻工作的准备。”

事过一年后，马一木再回顾这本充满神秘色彩的读物，听起来却是个大孩子的游乐场：平时就打打游戏、踢踢球，编辑部更像是一个网吧的附属机构，看上去就全是电脑，大家都在打游戏，顺便去办杂志。

虽然“团队原地解散”说了无数回，但事实上这群人至今从未真正解散。它更像是一个松散的结构，类似自由职业者的聚合。在合适的时候做一些他们来看是有价值、对别人来说也可能有帮助的那些事情。

“《独唱团》会有各种可能性，或许会给大家带来惊喜，变成和文字毫无相关的。我们可能会搞一个乐队，因为不知道会进展到什么地步，并不是说只能做一个东西。”在接受采访后不多久，处于保密阶段的乐队就揭开了面纱。

力挺韩寒

2012年1月25日，大年初三。新浪微博名为“亭林镇独唱团”的ID发声：新年快乐，我是韩寒，这个微博账号由乐队成员共同使用。多谢大家对乐队的关注，现在我们乐队一共六个人，可是全部是只会弹吉他，网台上一站好像半个女子十二乐坊啊，真是不知道该怎么办才好。

大年初五，“亭林镇独唱团”又通过微博表示：如果一切顺利，亭林镇独唱团将于今年的11月30日举行“搞错一个月——跨年演唱会”。

这个70尾80初在奔三奔四路上的小团体，每个人身上仍带着一股重重的“少年气”。没有太多的既成规则，青春期在这里被无限延长，他们把自由发挥到了极致。

“《独唱团》结业后，我一直留着的原因并不是无处投奔。我是不甘心，对一个媒体人员来说，我不想在一个地方倒下去，赶紧跑到另一个地方刮骨疗伤。我想从原地站起来。和现在的同事们一起，重新做点好玩的事。”马一木说。

《独唱团》歇业之后，马一木进入了懈怠期，这个懈怠期维持了将近一年。

“他一直说他要写一部大作，但每次问他都还没有开头，”在前同事兼闺蜜马凌眼中，马一木是她遇到过“最有才华的人”，“如果有好的机遇，成就不会低于韩寒”。朋友和粉丝们都流露出对马一木在“后《独唱团》时代”的担心——身处韩寒这样一顶大光环边，马一木会成为“韩寒的马一木”吗？

2012年初，方舟子、麦田等人对韩寒发起代笔质疑，在微博上掀起风浪。身处韩寒周围，马一木也难免卷入其中。而当他每次力挺韩寒，都给读者重描了一次加诸在他身上的“韩寒”标签。

在微博上，前好友木子美与他意见不合，甚至还因此提出绝交。在对木子美的回应中，马一木如是写道：我是韩寒的同事和朋友。他对的，我支持。他错的，我反对。

马一木曾用“树上的男爵”比喻韩寒，这是卡尔维诺的一本书名。他也用过很简单搞笑的段子形容韩寒，“银行里下象棋的奥特曼”——有帅又有车，有房又有钱，有勇气又有责任感。

但马一木更清楚自己和韩寒的不同，“有人的存在是为了让自己的光芒牢牢印在别人的视网膜，但我不是。我更想像一个萤火虫，黑暗中发出微光。”

在马一木看来，后《独唱团》时代的懈怠期并非毫无价值，“这段空白，更像乐章和乐章之间的停顿，鸟和鸟之间的距离，是我新陈代谢的一部分。10年编辑生涯的不停运作，让我刚好有时间反刍一下自己。”

在深圳住了8年，在北京住了1年。北京在马一木眼里，是一座末世情怀特别重的城市，“神经病特别多，大家群魔乱舞，聚会，打架。”而在他现居的上海，规则感比较强，人与人之间则会保持距离，比较安静。住在郊区，可以超尘于世，如隐居一般。

完全放空自己的马一木，现在在写一部小说，同时翻译一部小说。他希望舒缓的时间可以让他留一点自己的东西。“马一木不是韩寒的影子，因为他们就是两个不同的人，”马一木说。

她一个人身上有很多女人

如果有个“情感靠谱小组”，那大半的媒体人和演艺圈里的人一样，不但做不了小组的核心成员，说不定还是黑名单的常客。“媒体人的情爱，也是高压状态下一种压力补偿机制。”被前同事形容为“现代贾宝玉”的马一木，老天生就了一张桃花脸蛋，当然也不会少给一副骚情心肠。

敏感的人易动情，马一木的情史上少不了一些风流韵事。一直关注马一木的人，总能不经意间看见他写给某个女孩的文字，或者给某个伤过女孩贴首歌。这样多才多情又热爱自由的男人，单身一辈子都不奇怪——但在去年，他领证了，和6年爱情长跑的女友张诗尧。

大家平时习惯叫张诗尧为yoyo，这个名字的韵律感可能更符合她的形象：一个像精灵一样灵动跳跃的姑娘，漂亮、可爱、富有才情，又令人捉摸不定。

“介绍个女朋友给你，”2005年的一次饭局上，陈朝华对马一木说。当时大学刚毕业的张诗尧还没有来到《南方都市报》，她不知道在时空中奔向的，最终不是一份工作，而是未来的男友和老公马一木。在男女朋友关系确立后，由于是上下属要避嫌，入职不久的张诗尧就离开了《南方都市报》。

语录

现在外界有各种各样的教条，最大教条是功利主义的教条，你赚钱，你成功，你得了什么，别人怎么评价你。但更重要的是自己对自己状态的评价，自己对自己的评价是最难的。

马一木曾在博客里这么描

写她：你周一是爱闯祸的小屁孩，把《时尚先生》新来的女同事（哈里波特特）用毕生精力写的一篇文章没保存就给关了；周二你是小天使，给病重的我倒洗脚水；周三你是我的女儿，很白痴很天真的模样；周四你是我的老师，告诉我知识和真理，以及做人的道理，当然也包括揍人的道理；周五你是性感小野猫，具体细节就不向大家交代了。总之，我对女人的诸多想象都能在你这个大卖场购买到。本来很花心的我，竟然不去寻花问柳了，我本人都很诧异。

“她一个人身上有很多女人，每天都是完全不同的，”马一木说自己和她在一起6年都没有厌倦，他们决定试试一种新的人生状态，婚姻。

走走就发现了黑天鹅

从《南方都市报》到《时尚先生》再到《独唱团》，虽然是不同的媒介形态，但马一木一路的东家都追求一致：那就是对产品的认定，以及对自由创造的认同。

马一木认为自己很幸运，一直在乘坐的那艘船，从来没有一个舵长必须规定他应该往哪个方向，要穿什么海水服，“幸运的是都没有在那种船呆着，幸运的是我所在的船，都是可以自己互相形成一个共同的意愿去前进的那艘船。”

每次当马一木踏上新的甲板，广播里会响起——让我们开始一条新航线吧！船上的每个人都永远面临着未知，也都可以一起去决定它将驶往哪里，每个人都是哥伦布。

Live the life you love，love the life you live（过你爱的生活，爱你过的生活），是马一木很爱的一句话。他也喜欢古希腊一个游吟诗人曾经说的，穷尽一生，你去试尽你可能的领域吧！其实这背后的意思都是一个，那就是做自己就好了。

“现在外界有各种各样的教条，最大教条是功利主义的教条，你赚钱，你成功，你得了什么，别人怎么评价你。但更重要的是自己对自己状态的评价，自己对自己的评价是最难的。”

马一木也很少用理想这个词，他觉得“理想主义”这个词充满可疑，去做自己，去检验自己，比检验自己的理想更重要，“人可以有很多缺点，但是要成为不可替代的人，就像艺术家我们允许他们有各种缺陷。”

如果把自己比做一个东西，马一木愿意自己是个植物，是棵树，是棵猴面包树：有很大一片区域，他可以自己慢慢在那边呆着，自己慢慢开结自己的果实，这个果实能吃一吃也好，不吃就自己结着。这几年的变化让他的这种想法更为坚定，更不被外界左右。

而在笔者的眼中，马一木的生命状态却像水银：作为唯一是液态的金属，流动、松散，却存在无限可能的形态。这种水银闪着光泽，具有分量，也充满质感。

对于《南方都市报》的“黄金时代”，马一木说：“文明都是这个样子的，在群星闪耀之前都是一片死寂，在群星闪耀之后有可能又是一片黑暗，遇到了就遇到了。”

对于眼前的未来，马一木说：“之前所有的美国人认为，世界上是没有黑天鹅的，只有白天鹅，而他们去走走走，就发现有了黑天鹅。”

或许，也只有这样的马一木，能让他的每个未来，都成为一段黄金时代。

第五章

跳槽这个问题

陈志华：城中村作家的三步走

他曾是崭露头角的年轻作家，他曾是优秀的媒体人，他甩下一句“不好玩了”愤然出走，他说自己算不上是一个成功人士。陈志华说，不知道变化会在什么地方发生，去一个公司做公关经理，但回过头来，又发现做记者更好，所以想不清楚就不要去想，因为你也不知道下一个变化会在哪里。

方三文：任何行业都需要探索未知的人

创业两年了，在他身上既看不到创业初期的焦灼困顿，也看不到激情澎湃的样子。多家纸质媒体和一家网站的经历，足够让他笑对人生变迁。他说，行业不重要，只要把自己做到行业里面的最好。

人物简介

陈志华，苏州大学文学学士学位，北京大学光华管理学院EMBA学位，具有丰富的媒体运营经验。先后任职《南方都市报》深度报道部负责人、《新京报》新闻部主编、新浪网新闻总监、和讯网联席总编和激动网副总裁，现任凤凰网副总裁。

问题问答

问：理想到底是不是骗子？

答：我理解这个问题的提出，实质是将理想的精神层面和物质层面做了人为的切割。但其实理想有很多种，也包含很多成分。我很难想象一个没有理想支撑的人可以走多远。理想也可以校正，追求理想也并不意味着一条道走到黑。相信与坚持自己的选择，并不断为之努力和调校，才可能真正达到彼岸。也许彼岸的风景和最初的想象有差异，但彼岸就彼岸。

陈志华：城中村作家的三步走

作家——纸媒编辑——职业经理人。陈志华用12年时间，完成了自己职业生涯的三步，但用他的话说，这些与刻意的职业规划无关。每一步似乎都是被推着走，走到哪一步，觉着也不错，也就无所谓怀念。对于想不清楚自己未来的人，修行好当下，未来自然就在那等着你，不会坏到哪去。

出 走

“写作是我所感兴趣的，传媒是我所擅长的，”陈志华这样描述自己的两种身份，“只有在写小说时，我的焦虑感才会得到稍许缓释。”因此，在一些私下朋友的聚会中，陈志华更愿意以另外一个名字出现：巴桥——那是他写小说时的笔名。

“做传媒时，我面对大众；写小说时，我面对自己的内心。”陈志华说，这两件事都是他喜欢做，并且能够做上一做的事。陈志华并不认为自己属于“成功人士”，“我顶多算个不太安分的人吧。”

“我写的多是纯文学的文字，那些小说发在《收获》、《作家》、《人民文学》等刊物上，也都算是些核心的文学刊物。”在当时的作家圈子里，他一度很被看好。很多人不知道陈志华是谁，但知道青年作家“巴桥”。

学校毕业后，陈志华被分配到苏州一家电视台。在1990年代，电视台是一份相当不错的工作，收入丰厚，社会地位也不差，“如果一直干下去，在家乡也算有着不错的前程。”但那样的生活似乎不是陈志华想要的，也就是那时开始，陈志华开始写小说。也许，在小说中，很多决定着陈志华未来命运的东西，开始浮现。

在电视台的第一个岗位是制作部的灯光师，负责一些晚会和演播室的灯光设计、调控等，属于偏技术类工种。但这显然不是陈志华喜欢的工作。

陈志华说，他是一个合格的灯光师，但肯定不是一个好的灯光师。有很长一个阶段，每天中午他会骑上电动车，在苏州的大街小巷里漫无目的地穿行。

后来，有机会接触编导岗位。1998年，陈志华与单位的几个朋友合作制作了一档世界杯的特别节目。“感觉开始做了一些自己喜欢做的事情，很过瘾。”但世界杯结束，陈志华又只能回到了原来的部门。陈志华想转编导其实机会肯定有，但他显然没有耐心等待。

也便是在那一阶段，他开始写起了小说，他似乎在小说中找到了自己生活的寄托。后来，写作渐渐地成为他工作和工余的重心，于是，很自然的，陈志华向单位递交了辞呈。“我爸妈以为我疯了，尤其在十几年前，做一个不在体制内纯文学作家，这似乎显得那么得不靠谱。”

不过，这点对陈志华来说，似乎并不是什么大不了的事情。“年轻时，谁会考虑那些。”不过，在家写作的日子没有维持多久。“那半年，写作的状态并不好。后来，经济条件也不允许了，于是想着还是要出去工作。”1999年11月份，恰巧一位朋友在聊天中告诉他，广州有一份杂志编辑的工作，问他有没有兴趣。就这样，陈志华离开苏州，开始了他的城市行走。

编版，不过是谋一碗饭吃

初到广州，陈志华住在城中村，房租200块钱一个月。陈志华在广州居住过几个城中村。

这样的住宿条件可想而知。陈志华租住的楼房高度是七层，他住在六层。白天是要开灯的，否则什么都看不清楚。在这栋楼里，人员构成也很复杂，有博士、白领、寻找机会的大学生，也有卖菜的农民、卖黄碟的小贩，和很多从事着暧昧工作的各色人等。

条件艰苦，但对于乐于写作的人来说，这却是一片寻找写作灵感的乐土。工作之余，陈志华经常去广州的茶餐厅、后巷闲逛，那种粗糙的市井生活状态，加上粤语环境，和自己少年时候爱看的港片印象一下子就对接上了，“很乱，但充满活力。”时至今日，已事业有成的陈志华，回到广州之时，依然喜欢去城中村里走一走，转一转。

那种比较原生态的生活感受、粗糙的市井生活，和苏州的小巧精致是完全不一样的。各种人、各种光怪陆离的事均聚集于此，令陈志华觉得很放松，也很符合他不受拘束的性格。也是因为喜欢，他发表的小说很多是以广州为背景的。

然而，骨子里苏州人的秉性，让他对很多细碎的事务尤感兴趣。陈志华说，生活本身就是由一些琐碎细片所堆积出来，所以，他的小说显然不是各类时尚写作，而只关注人的本身，以及在琐碎生活状态下人们对无处不在的压力的感知。

陈志华很喜欢自己在《收获》发表的中篇小说《姐姐》，内容并不复杂，就是讲述了一个在广州底层生活的女孩子的故事，很絮絮叨叨，但在表面絮叨的叙述下，蕴涵着很多引而不发的东西。陈志华说这是他对生活的一种看法。

也就是那些年，陈志华以“巴桥”的笔名，陆续在《收获》、《钟山》、《人民文学》、《作家》等大型纯文学杂志发表了一些有影响的中篇小说，陆续出版了《自由落体的爱》、《请大家保护自己的腰》等小说集。

“巴桥”的小说并不多，但很精。他说，在他的观念里，如果一个作家一生只留下一本薄薄的册子，却还是个绕不过去的作家，那他是一个真正的作家。

语录

《南方都市报》有一种文化，老子天下第一，先吹泡泡，其实什么都没有，慢慢把泡泡做实了，然后再吹一个更大的泡泡，再做实。说难听点，这种文化叫忽悠。好听点，也可以叫一种青春期的理想主义。

1999年年底，当时在深圳一份男性杂志做编辑的陈志华，心生变动。令他心动的，正是《南方都市报》，当时国内最活跃的一份纸质媒体。“当时我因为写小说小有名气，《南方都市报》管副刊的陈朝华写诗，我通过朋友，将简历递给了他。”但很不巧，当时《南方都市报》副刊部并没有多余的岗位。

陈朝华将简历转给了杨斌——分管《南方都市报》深圳新闻，处于草创期的深圳记者站站长，正在招兵买马。陈志华见了杨斌一面，就这样进了《南方都市报》。

“当时我依然想做副刊，我对新闻不是很感兴趣。陈朝华当时还跟杨斌说，暂时先放在深圳新闻，等有了编制，这个人他还要回来。”当然，后来这话一直没能兑现。

尽管时间已经过去了12个年头，但陈志华对草创期的深圳记者站记忆犹新，当时每一个同事的名字，他都能一一叫出。

那是一段尽情挥洒青春的时间：2000年的陈志华，虽然主业为深圳新闻的编辑，但由于人手不够，在相当长一段时间陈志华得兼着做记者，每两周他要回一趟深圳，为一个人物专访版做采访。

一群草莽英雄，因为《南方都市报》在深圳聚会。据当时的深圳记者站站长杨斌的指示，广州的编辑每两周要去一趟深圳，和记者交流业务。因为在当时，很多编辑都从未去过深圳，对深圳独特的文化完全不理解。

“我记得有一次王跃春写泥头车，我不知道泥头车是什么玩意，还跟她打电话确认。还有就是，她在泥头车的前面写‘台’，而不是‘辆’。”陈志华说，类似文化的差异很多，但后来采编交流非常频繁，这种不适应很快就克服了。

但杨斌设计的业务交流，在实操过程中还是有些走形：深圳大小酒吧里，经常有一波来自《南方都市报》的年轻人出现，“每次都是喝得大醉，但感觉非常好，那是一段再也回不去的岁月。”陈志华说，当时记者编辑玩得疯，工作也是舍得拼命。深圳创刊的时候，只有几个版，但在陈志华看来，《南方都市报》有一种文化：老子天下第一，先吹泡泡，其实什么都没有，慢慢把泡泡做实了，然后再吹一个更大的泡泡，再做实。说难听点，这种文化叫忽悠。好听点，也可以叫一种青春期的理想主义。

心中一直装着文学梦的陈志华，依然在等待，等待重回文学阵营。他自嘲说，当时在深圳新闻当编辑，凭着点小聪明，编版不过是为了应付工作。除开工作，其实更喜欢的，是回到城中村的时刻。在那里，他会将自己的角色变为作家，在狭窄、吵闹的出租屋里，以写小说为乐。

“我做新闻，是被推着走。跟苟骅、魏海波不一样，他们是一种自觉状态，从读书到工作，这辈子就是干新闻的，职业的方向和路径在大学时就似乎很清晰明了了。”

开 窍

2003年七月份，程益中、杨斌、谭志良带着新闻部的编辑们与深圳记者站的记者聚于深圳荔枝公园的湖边酒吧。在深圳新闻部草创之时，这类聚会每周都会举行。在陌生城市漂泊的《南方都市报》人，需要借酒消愁，更需借酒凝聚。

酒酣七分时，当时《南方都市报》的掌舵人和灵魂人物程益中问他的部下们：“你们知道世界上最伟大的力量是什么吗？”

“不知道。”已经半醉的几个部下摇头作答。

“好，我告诉你们，最伟大的力量是爱！是对世界与众生的博爱。”程益中解答。“呵！”众人如恍然大悟地笑。

“你们知道人生的终极意义是什么吗？”程益中继续问。众人又摇头称不知道。

“是不断地超越自身的不可能性。”程益中继续自问自答。

说完了，程益中在微笑着沉思。

尽管远离深圳已经很多年，但陈志华对地处深圳城市核心区的荔枝公园依旧记忆深刻，因为就在当晚，以深圳新闻编辑身份出席聚会的陈志华，借酒壮胆，对一名年轻的深圳新闻部女记者大肆施展爱情攻势。

在荔枝公园，陈志华收获了爱情，这名女记者后来成了陈志华的妻子。

但陈志华或许并不知情，程益中又在谋划一个超越《南方都市报》自身的新计划，而陈志华也被卷入到这场变革之中。

2003年，将陈志华领入《南方都市报》的杨斌，给他安排了一个新任务：一起创建《南方都市报》深度新闻部，担任编辑。而正是因为担任深度版的编辑，令陈志华突然开窍了。因为编深度版，他思考问题的方式发生了变化，对事物的认知也在改变，就像以前所有的积累在这一天突然打开了，陈志华似乎开始对新闻发生了兴趣。

“我现在的想法，就是用专业主义的态度和能力，去做一些事，一些能够促着整个中国社会朝着人文、法治方向行走的事情。”

语录

我现在的想法，就是用专业主义的态度和能力，去做一些事，一些能够促着整个中国社会朝着人文、法治方向行走的事情。

由深圳新闻部编辑转为深度编辑，陈志华说这并不是自己蓄意而为，只不过是领导一声令下，自己顺势而为。但就是这一跳，令他与一篇载入《南方都市报》和中国新闻史的新闻有了交集。

正是他，编辑了已经注定会被写入中国新闻史的新闻名篇《被收容者孙志刚之死》。

2003年3月，大学毕业生孙志刚在广州街头被错误收容，后被殴打致死。当时在《南方都市报》工作的陈志华和他的同事获得这一信息后，进行了风险极大的审慎调查。随后，4月25日，陈志华亲自编辑刊发了《被收容者孙志刚之死》一文。

文章一出，立刻在全国引起重大反响，舆论高涨，其他新闻媒体也纷纷跟进。新闻界、法律界、文艺界各知名人士纷纷批评收容制度，司法机关迅速介入案件调查，此后，凶手得判。此后国务院更是审议废除旧的收容制度，通过《城市生活无着的流浪乞讨人员救助管理办法》。

一篇新闻报道，促成中国法制的前进。陈志华有幸得以参与，对他而言，这是人生中值得纪念的一段经历。

在《南方都市报》深度组编辑团队中，陈志华与吴倩搭档。“当时我写过一篇吴倩的文章，叫《慢人吴倩》，她走路慢条斯理，从版房到办公室这10几米的路，吴倩能用她的步伐，走出漫长的回廊的感觉。”

但在深度组，陈志华只是一段短暂的工作经历。2004年9月份，《南方都市报》与《光明日报》合作，北上京城创办《新京报》。凭借在孙志刚报道中的优异表现，陈志华出现在北上创建《新京报》的团队名单中。当时陈志华并没有想到，他这一走，就意味着自己再也回不到《南方都市报》。

北上的原因，对陈志华来说，没那么复杂。“单身汉，北京和广州都可选择，趁着年轻换个地方工作，也挺好。另外，还有那么多熟人一起去。如果是北京的另外一份报纸，单枪匹马我肯定不会去了。当时《新京报》的感觉，就是《南方都市报》派驻队伍，血缘都连在一块，觉得干一两年，说不定就回来了。”陈志华说，当时自己就是这么想的，谁知道后来分开了，所以说很多事情不以个人意志为转移。

语录

在《南方都市报》工作的人，尤其是最早的一拨，有一种特殊的感情，或者说是气味相同。在人海，在江湖，你可以凭着气味相互寻找，相互认同。这种气味，是一种话语方式，一种思维方式，也是共同理想下埋下的同根同源的联系。一听，这哥们靠谱，跟咱们是一伙的。

“当时是被杨斌抓过去的，当时对《新京报》的定位，不是现在这样。当时的《新京报》，打算只做本地，国际新闻、文化、娱乐等都直接从《南方都市报》拷贝过去。当然，后来这也都变了。”

北上创业，陈志华开始当“官”了。他与主写孙志刚事件的记者陈峰合作，两人分管中国新闻和本地新闻。后来又任《新京报》新闻中心的主编，陈志华管编辑，陈锋管记者。

尽管已经离开《南方都市报》很多年，但在陈志华看来，很多人对《南方都市报》非常有感情。“在《南方都市报》工作的人，尤其是最早一拨，有一种特殊的感情，或者说是气味相同。在人海，在江湖，你可以凭着气味相互寻找，相互认同。这种气味，是一种话语方式，一种思维方式，也是共同理想下埋下的同根同源的联系。一听，这哥们靠谱，跟咱们是一伙的。”

陈志华说，这就是企业的企业文化中蛮核心的东西。而草创时的《新京报》，也复制了《南方都市报》的企业文化。

当时，全报社数百名采编广告发行人员，拥挤在《光明日报》老楼东楼的7~8层。所有的办公桌全部连贯成排，不少人不得不在过道办公，连人手一台计算机也是奢望。由于年久失修，大楼多处天花板漏水，墙灰脱落，电话是数十人共享一部，更关键的是，电力供应极不正常，一直到11月上旬，也只能勉强提供一半计算机的供电。而这一半勉强能用的计算机，又因为网络的限制，时断时续，打开一个邮件往往需要十几分钟。这对于现代报业采编流程来说，简直是不可想象的事情。

虽然条件很差，但在陈志华看来，当时并不觉得有多苦，因为大家觉得都在做一件了不起的事情，“由于《新京报》的出现，北京总算有了一份对得起首都地位的报纸了，因此都干劲十足。”

11月3日，方正系统刚刚到位，5日培训，6日便是首次试出片。那一天，整个采编系统一片混乱。仅仅培训了一天的采编人员几乎无法正确使用方正系统，而每一个环节都存在着各种技术问题。一直忙到半夜，才勉强做出来不到1/5的版面。面对这样的情况，几乎所有人都难想象11日的正式创刊。当夜，京城下了入冬以来的第一场雪。大多来自南方的《新京报》人看着空中的漫卷雪花，委实难用一种心情可以形容。

语录

《南方都市报》还是我所有工作经历中最有感情的一段，但你不可能回去。很多事情都是没有办法复制的，跟你的状态、年龄、经历都有关系。《南方都市报》出来的人，还是有共同的价值观的，这点蛮重要的。

7日，继续试出片，情形依然惨不忍睹，完成的版面仍不足一半。8日，《新京报》社成立大会上，尽管程益中的激情演讲令所有人都豪情陡增，但严峻的现实局面没有得到丝毫缓解。当时，杨斌向他介绍了这一情况："两次试出片都失败了，而且很失败。"程益中沉默了，足足有半分钟没有说话。

不过，随后召开的社委紧急会议依然做出了一个大胆的决定：创刊日期维持原计划。

奇迹，便在11日诞生了！4开80版，一份高质量的综合性日报准时完成了编排印刷和发行——《新京报》成功创刊了！

转型新媒体

陈志华日后在接受苏州一家媒体的采访时曾阐述过他对北京的印象。对于自己行走过的多个城市，陈志华说："广州是宽松自由的，上海是时尚的，北京是大气的，苏州则是精致的。"

虽然他不太喜欢北京风沙大、气候干燥的自然环境，但北京在全国所具有的独一无二的人文优势，却是其他任何地方都不能替代的。他认为，北京集纳了中国"最智慧的脑袋"。"在经济文化上，上海、广州也算是国际大都市，但整体来说，水准和北京是不太一样的，北京的起点和平台会更高。你能获得的机会、视野也是不一样的，这就是北京的优势。"

在《新京报》经历草创期转入平稳期时，一场席卷报社的整肃事件，再度让陈志华抉择自己的职业生涯。2005年12月29号，因为多重原因，《新京报》高层出现大变动，总编辑杨斌离职，此后包括陈志华在内的采编团队，为抗议杨斌被免职集体罢工。

"不好玩了，好玩的人走了，所以我也不想再继续下去了。"在老同事加老朋友纷纷离去之时，陈志华有了这个想法。

2005年，正是新媒体蓬勃发展之时，当获悉《新京报》优秀采编团队出现离职松动之时，对精通新闻专业人才如饥似渴的新浪和搜狐，立即加入到挖角的队列之中。相比传统媒体，财大气粗的新媒体，开出了丰厚的薪金条件。

“这两家网站都来找过我，但因为当时我还是想继续做新闻，所以后来选择了新浪。”陈志华说，当时搜狐找他谈了四次，给了很多工作岗位，但唯独新闻中心总监一职，已经被同从《新京报》出走的同事签下。正因为如此，陈志华选择前往新浪，岗位是新闻中心总监。

“我投身新媒体，进入网络，也不是看到新媒体的趋势的主动选择。完全是因为当时离开报社，新媒体又主动找上来了。不是刻意设计的职业规划，这一步要怎样，下一步又应该如何规划。从《南方都市报》到《新京报》，从《新京报》到网络，都是如此。”陈志华说。

从传统媒体到新媒体，会否不适应？是有不适应。脱离熟悉的平面媒体，转投网络媒体，陈志华说，刚跳槽时，觉得自己的武功自废了一半，写稿采访能力、文字的能力，不需要，因为网络媒体以转载为主，文字能力无从体现，而网络所需要的快速反应、后台、网络运行规律却又不掌握，当然要重新学。

陈志华说，从传统媒体人转型，会有阵痛，有些媒体人去了一两个月，就马上打退堂鼓，因为找不到熟悉的节奏感和成就感，有些人熬过来了，又挺好。“我去了新浪后，也招了一些《新京报》的老同事，有些人现在都还干得挺好，有些人说，不好意思，我适应不了。

彼时全国各大门户网站的新闻频道执掌者，大都是南方系出去的，陈志华在新浪，孟波在搜狐，方三文在网易，腾讯后来是陈菊红。

> 每个阶段都是不可追的，要享受当下。即便现在，他也不知道自己的下一步会去向何方，发生在何时。有时越想搞清楚越搞不清楚，做好当下，时间往前流着，也许未来就在某个地方等着你。
>
> 语录

陈志华说，自己每一波都赶上了，但不是刻意设计的。

“后来就不写小说了，主要是没时间，另外，兴趣也发生了转移。”陈志华笑着说，“到现在，我只写工作邮件了。”陈志华说，互联网跟传统媒体太不一样了，以前他觉得《南方都市报》在日报中已经是比较辛苦的，现在去了网络媒体，说工作量翻番毫不为过。

他指着头上的白发说：“我的头发就是在网站开始白的，非常焦虑，客观来说，网络从业人员的工作压力要强很多，有段时间我的手机24小时开机，随时准备工作。”

“人的想法是会变的，最早我算是个文学青年，就想当个一流的作家，什么新闻，什么媒体，统统不感兴趣，那就是份工作。可后来，走上了这条道，走着走着，就觉着也不错，也享受其中。”陈志华说，对于放弃写作，以前作家圈的朋友觉得都很可惜，因为在那拨年轻小说家中，“巴桥”算是很有大潜质的。

“放弃写作，以前对我来说是困扰，但现在不会，因为我觉得，哪种方式不是生活呢。矫情点，哪样修行不是修行呢。”生硬点划分，陈志华可说是经历了三次转型：第一次是从文学青年转到新闻人；第二次是2005年年底，从传统媒体转到新媒体，但本质还是媒体人；而第三次则是从2009年开始，从媒体人转为了职业经理人。现在的陈志华，任职凤凰网副总裁，内容工作已经成为他日常工作中很小的一部分。“产品、商务、市场、销售……在一个公司化运作机制中，纯粹的媒体工作已经占比不高了。”

享受生活

面对新媒体的冲击，传统媒体是否会日薄西山，成为夕阳产业？在传统媒体和新媒体历练多年的陈志华说，从产业来说，肯定是传统媒体日薄西山，但无论在什么时代，人们都需要内容，无论终端怎么发展，无论渠道怎么变化，世界依旧需要优质内容的提供商。

但如果从产业来看，未来一定是属于新媒体的。“也许将来，《南方都市报》、《南方周末》这些优秀的报纸依然会存在，但不再是我们现在的厚厚一沓新闻纸，而是在互联网、无线互联网上的一篇篇文章的出品署名，而是在各类终端上的一个APP或者其他。传统媒体强在内容本身，而新媒体必将是未来的平台。“从传播到体验，新媒体领先传统媒体实在太多太多了。传统媒体的日益消亡，未来成为一个纯CP（内容供应商），似乎只是个时间的问题。”

更换了多个工作，在多座城市间游走，但在陈志华看来，《南方都市报》还是他所有工作中最有感情的。“这跟当时的《南方都市报》的氛围有关，当然和个人当时的年纪、心情也有关。你可以追忆，但你回不去，也没必要回去。”

“每个阶段都是不可追的，要享受当下。”

陈志华说，即便现在，他也不知道自己的下一步会去向何方，发生在何时。有时越想搞清楚越搞不清楚，做好当下，时间往前流着，也许未来就在某个地方等着你。

陈志华说，骨子里的他肯定是个不安分的人，否则也不会辞去公职做自由撰稿人，也不会几年间在各地奔走，也不会经常跳槽。但在回过头看一些根本性的节点时，他又似乎并不是主动的选择，而是各种因素堆积在一起，自然而然完成了下一步的转身。只要在转身前觉得快乐，转身后觉得享受，那就继续乐呵地走下去呗。

人物简介

方三文，福建人，1997年毕业于北京大学中文系，加入南方报业集团，此后先后在南方报业旗下的《南方周末》、《21世纪经济报》、《南方都市报》工作。

2005年，方三文加盟网易，任职副主编。2010年3月离开网易创办雪球财经。2010年5月25日，发布美股资讯网站I美股。2011年11月，发布全球投资交流平台雪球。

同题问答

问：理想是不是骗子？

答：每个行业都有每个行业的理想。新闻理想本身没有什么不好，但它不一定就比别的行业理想高上一个层次。每个人对自己的理想要有自己的认知，而不是去把别人的理想作为寄托，或者抱怨他人的理想忽悠了自己。要为自己的人生负责，选择走自己想走的路。

人的经历、时间、智慧都是非常有限的，人一辈子能把一件事情做到极致就非常牛了。能坚持下去，就要坚持下去。但如果你觉得学不到东西了，或者说你觉得薪水太低，或者你觉得职位太低，都可以成为你放弃理想的理由。

方三文：任何行业都需要探索未知的人

短寸头，休闲装，阳光的大男孩脸庞。任何人面对方三文大概都不太容易产生距离感。创业两年了，在他身上既看不到创业初期的焦灼困顿，也看不到激情澎湃的样子。从容，是比较贴切的描述。虽然脑袋里面装了不少对社会的观察和思考，但流露出来的是发自内心的谦逊。聊得多一些，也才能体会到他内心里蕴藏着的雄心。

对理想这玩意，方三文不愿意下定论，或者用文字的框框去界定。对人生总结分析太多，或许还不是他这个阶段想干的事。用敏锐的感觉和知识框架在自己的兴趣领域探索和精进，是他正在做的。没有太多起落浮沉，但有跳跃和改变，放到方三文身上隐隐有种道法自然的观感。

做记者不成功　学到的是谦虚

出身于北京大学中文系的方三文，更喜欢的东西是逻辑。1997年毕业后的第一份工作是《南方周末》。而那时的《南方周末》聚集了不少北京大学才子。方三文来的时候也正逢《南方周末》一纸风行的时期。

第一份工作“是非常重要的，它等于是给你的人生定调”。方三文对这段经历也比较珍视。回忆起来，他认为这份工作确实是自己所感兴趣的，而起点又比较高，对之后的人生有很大帮助。

这里也有了对他影响最大的人——当时的《南方周末》主编江艺平。“她在人格方面，非常值得敬佩。一方面对自己要求很高，另一方面对别人又很宽容。”方三文这样评价他眼中的“江老师”。

在20世纪90年代末到2000年初的社会变革时点上，过去的20年积累了思想资源，积累了社会矛盾，积累了争议，但是真相和人们的思想并未得到充分挖掘和释放。渴望在传媒中实现价值的人不在少数，而社会也确实需要一份真实记录时代进程的纸张。其时《南方周末》的口号是“维护正义、彰显爱心、坚守良知”。

没有当时大多数媒体的条条框框，《南方周末》对社会现实文学色彩的描述，既给了年轻人写作的尝试空间，也带动了媒体写作的新风。它本身，也在不断创新求变，并获得了越来越多读者的青睐。

方三文的经历是，在大二的时候，已经非常明确要去做新闻的工作，并在为此做准备。“我基本把所有的时间都花在这方面，包括大量的阅读新闻类的报纸杂志，也到各个比较好的媒体去实习，获取这方面的经验。”在优米网讲起这段经历时，方三文说，当时北京比较优秀的媒体，他都去实习过。大四的时候，他已经在《中国青年报》的《冰点周刊》发过一整版的报道。

当时去北京大学招生的是沈灏，看到那篇文章，“眼睛一亮”，基本上就决定了录用他。

方三文进入这个行业是希望提升自己的逻辑分析能力，对信息的辨别能力。对于那些大学生，方三文认为要尽早找到自己兴趣所在，用全部的时间和精力去做这方面的准备。

2002年离开《南方周末》时，方三文是头版编辑。他认为自己从没怀疑过自己的选择，但并不认为自己做出了足够的努力。很多同事比他成长更快。“像记者这个工作，它是比较弹性，它不是说你一天到晚坐在那里，就能写出稿子来的。你可能还要花很多的时间，去采访、去搜集资料，自己去整理它们，去思考。这个时间不是那么刚性的。”

不像媒体圈内人愿意用自己的作品去标榜和比较，方三文甚至觉得自己做记者比较“失败”，以至于被问及代表作时，他不认为自己哪些作品特别值得一提。但做编辑过程中，方三文对世界的复杂性、多元化有了更多认知，收获了一颗敬畏之心，对人对事的心态更为谦虚。

离开《南方周末》，方三文觉得是到了一定程度，对环境没有那么满意，同时又有一些新的事情可以去尝试，正好又有机会。

对《南方周末》来说，方三文认为真正的变化是媒体的竞争格局可能变了。在20世纪90年代末，社会变化积累到一定程度，各种诉求开始释放，对传统媒体信息传播的要求开始提升，那段时期《南方周末》也在锐意革新。在内外因素的交错影响下，催生了《南方周末》的一纸风行。但这种差异化优势持续的时间并不长。

2000年之后，各种媒体形态都开始突飞猛进。纸媒在变革者的示范效应下开始不断寻求变化和突破，整个行业开始了裂变式成长。互联网产业则体现为爆发式成长，作为传播平台的效应首先体现出来。初始，纸媒沾沾自喜于自家报道的网络转载，《南方周末》自身在几年间甚至成为网络热议的话题。但很快，网络的优势也开始凸显出来，开放性和互动性、传播的快速、呈现的多样，在很多方面比传统媒体更为强势和灵活。廉价的信息转载，创新的整合效应，加之没有刊号限制，各种网络传播平台雨后春笋般出现。很快，网络就不光满足于成为纸媒信息的二手传播平台。王志东确立了新浪以广告盈利的模式。网络对传统媒体在广告上的分流越来越明显。

转型网络　要看是否适合

离开《南方周末》后，方三文又先后在《21世纪经济报道》和《南方都市报》两家传统媒体任职。在《南方都市报》，他已经是编委的管理角色。但在方三文看来，媒体的管理工作不像企业要看财务数据或者考虑太多运营方面的事情。“其实不就是叫大家把稿子写好，把版编好，这个东西都是过去很熟悉的。”方三文觉得这并不复杂，就是定目标、定标准，检查执行。与做记者不同的是，“让别人去执行自己的东西，肯定要打折扣。”因此重要的是把目标定清楚，分工定明确，尽量保证执行不走样。

很多人认为，自我管理弱的人，适合做自由职业。方三文认为，恰恰相反，做自由职业的人，往往需要自我管理能力很强，而自我管理比较弱的人，更适合去做有纪律约束的工作。后者如果认为能通过自由职业获得解脱，往往最后搞得更糟。

方三文认为自己的自我管理能力不够强，导致他慢慢从业务型转向管理型。而这个特质对于他是不是要去做互联网至关重要。如果自我定位为作家，在传统媒体或在互联网并无差别，“反正我昨天写的在报纸上发，就明天在网上就出来了，我还是一样写我的作。”但作为管理者，能明确地看到，互联网正在取代传统媒体，这时转型的需求就会很强。

方三文对网络升势的确认是在《南方周末》就开始的。作为头版编辑，他对每一期稿子发出来后获得市场印证的标准是读者来信的数量。越到后来，方三文发现给编辑部写信的人越来越少，但他们开始用另一个东西来检验传播效果——网络BBS。当时的四通利方（即后来的新浪）论坛中，方三文发现有比较好的稿子，基本都会被人贴上去。其中有些稿子在论坛里会讨论得特别激烈。“你想一下的话，就会发现，传播的主场，从那时起已经慢慢往互联网转了。”方三文细心察觉了媒体传播的流变。

2005年，方三文离开《南方都市报》，赴任网易副总编兼新闻中心总监。由于负责内容工作，在他看来与纸媒也无太大不同，尤其是一些内容编辑和处理环节。但在此之外，他接触到很多平面媒体没有的环节，如产品的运营，方三文就认为过去没有太多接触，但在网络，他能深刻感受到这方面与在纸媒视角的不同。“不一定每个人都能够去接受或者理解这些东西。”对方三文来说，跨过这道坎没有那么难。总体上他认为自己做的还是原来的事情，只是技术

> **语录**
> **在当前的媒体流变趋势中，不少人渴求突破和改变。我可以去改变，但关键是要回头看看，明确自己在这个产业里边到底是什么样的一个位置。**

手段有所区别。

具体到每个人，如何判断自己的瓶颈是因为行业趋势，还是个体因素，方三文认为得具体分析自己当前面对的问题到底是什么。“如果你的稿子写得不好，这个跟网络还是跟平面媒体有什么关系呢?”他问道。但涉及整体，平面媒体影响力在下降，或者说营业额在下降，而网络媒体在提升，则是行业的问题。

在当前的媒体流变趋势中，不少人渴求突破和改变。方三文认为可以去改变，但关键是要回头看看，明确自己在这个产业里边到底是什么样的一个位置。“我认为你做的如果是写作这样的工作，你完全不用管这些东西。”他说。

在前十年间的网络媒体发展中，大量传统媒体人才输送到网络媒体中。网易算是比较早对传统媒体进行“挖角”的，如李甬、方三文、喻华峰等。搜狐、腾讯、凤凰网、酷六、阿里巴巴等各形态的IT企业也大量从传统媒体挖掘人才。南方报业成为这一波网媒人才输送的主要“摇篮”，前赴后继，香火不绝。

不少人认为，传统媒体人本身积累了媒体运作的经验和人脉，奔赴网络后可以如鱼得水，并助推网络的提升。方三文则对此持保留态度。

雪球财经：先把服务做好　赚钱还没想清楚

2010年3月，方三文突然从网易离职，开始自己的创业之路，筹办专业财经网站——雪球财经。这让很多人始料不及。

对此决定，方三文有多方面的考量。首先，在大公司里工作，作为职业管理者而不是老板，没有充分的决策权，“你想做的事情和你所享有的资源是不匹配的，不是你想怎么样就能怎么样。”第二，做事的回报永远被平均化，做一个东西不可能被准确量化。这两方面都是为别人打工中容易产生的问题。

对方三文来说，这次转向，更重要的还是兴趣。方三文在南方报业和网易的工作，积累了媒体和互联网方面的一些经验，但他自己一直是一个投资爱好者。“如果能够把这个经验跟自己的爱好结合起来，做一个事情，我觉得就很爽。”于是他就开始做这个事情。

一个人如果要选择创业，方三文建议他最好是选择自己的兴趣所在。但也有人对他的选择有质疑，如是否擅长财经？是否有足够的人脉、资源和其他积累？

方三文首先的回应是，他很难想象一个人如果真的对一个事情感兴趣，他会不擅长。如果真正喜欢，有发自内心的兴趣，就会去尝试积累经验，最后一定能擅长。

2005年，股票就开始进入方三文的生活，财经资讯也成为他日常工作中的关注重点之一。如何从投资角度、媒体传播的角度选择有价值的财经资讯，再通过网络这个载体传播出去，并创造价值，成为方三文琢磨最多的事。实际上在有意无意间为自己做了大量充电和准备工作。到2010年，他认为自己已经琢磨清楚，于是决定把自己琢磨的结果用一个财经网站表现出来。这在他看来是水到渠成的事情。

在自己的投资实践中，方三文发现港股一般会比A股便宜很多。他认为“水往低处流”这个规律总要发生，如果A股估值偏高，就到估值低的地方去投资。在港股做了一段时间后，他发现美股上面的好公司比港股更多，于是逐步把重点转到美股。对于具备价值投资思维的人来说，美股是一个最佳的投资标的物。根据自己的经验和感受，方三文也发现国内的人投资美股的意愿和需求在持续上升，但是这方面的服务并不完善。“我们就发现了这个需求在上升，但服务不完善，竞争不激烈的市场，就希望从这一块切入这个市场。”方三文说。

方三文把自己的办公地点选择在中关村，因为I美股初始研究的公司主要是在美国上市的中国概念股。这些公司主要是互联网行业，其办公地点则集中于中关村方圆两公里范围内。“对面就是新浪，再远一点新东方，然后腾讯、搜狐、网易、谷歌、微软都在这附近。”这给I美股提供了足够的研究便利。

在离职创业的前半年时间内，方三文并不轻松。从注册企业，办理各类牌照、租下办公场所、组建团队等等繁琐的事情，都基本由一人包办。到公司正式开始运行的时候，他的体重降了10多斤。虽然体力付出不少，但方三文在心态上没有感觉特别累。“说明这个还是比较带劲吧。你必须不停地优化工作流程、培训团队，使最后你的工作流程能实现你的项目定位。”创业时期的方三文不慌不乱，各项议程进展有条不紊。

外围环境也给方三文的创业提供了足够滋润的土壤。2010年，中国已经聚集了大量的股权投资机构。只要创业者目标足够清晰，运作有序，就有很大的机会吸引到投资方。方三文刚开始出来创业时，就有一个机构想投他的项目。但由于用的是别人的资金，该机构的决策人不能马上做出决定。他找来一位天使投资人跟方三文聊了一下，让对方帮着判断一下。结果这家机构没有投，被叫来帮忙决策的天使投资人却给方三文果断进行了投资。这位天使投资人就是现在的微博红人——薛蛮子。

雪球财经的产品上线以后，薛蛮子过来看了一下。方三文大体介绍了一下自己的想法。薛蛮子听了就说："行，我投点。"先问方三文要多少钱，再问方三文给多少股份。谈妥之后双方就这么拍板合作。

当时想投雪球财经的不止薛蛮子一家，但他的决策效率是最高的，别人都还在写报告，等申请。薛蛮子聊了几句就把这事定了。"这里面当然有运气的成分，人家为什么能够跟你扯几句，就会给你投资呢？还是他觉得你做这个事情靠谱，而你做这个事情靠谱，又是我刚才说的一系列条件支撑起来的。你是感兴趣的，你是擅长的，你是能说清楚的。"方三文说。

2011年6月27日，雪球财经又获得红杉中国基金的投资。方三文当时称该资金主要用于引进优秀人才，加大在产品研发和运营上的投入，优化用户体验，增加市场份额。实际上，直到现在，雪球财经还不知道自己从哪里盈利。在2011年底一次线上交流中，一位网友实在憋不住问方三文："你们到底想通过这个网站干吗?不会是股票界的雷锋叔叔吧，或者隐藏着天天从网友留言中选PICK，闷声发大财?"方三文则毫不掩饰地回答："我们想通过给大家提供服务赚到钱，但怎么赚钱现在还没有想清楚，所以先把服务做好。"

对于商业模式，方三文希望所有内容都是用户生产的，现在雪球有一些自己的分析师，他希望最后雪球没有一个分析师。在初期，雪球也走过弯路，例如曾想过做英文网站，专门针对美国投资者，但事实证明这只是"看上去很美"的想法。

虽然对未来比较谦虚。但总结起来，方三文眼中公司的未来是这样的形象：一、不一定上市但很挣钱；二、没管理但高效率；三、不用很多人但效益很高。

任何行业不要美化

从纸媒到互联网到投资领域，方三文认为自己所做的一直没有离开媒体的本质。雪球财经也是在做渠道和平台，只是现在更专注于细分市场。谈及当前媒体中人的理想与困惑，方三文认为完全没有必要附加过多业务之外的元素。

“对记者自身来说，发展的核心价值在于在行业内做到最好。媒体是一个职业，与其他任何行业没有本质不同。一方面没有必要自命清高，另一方面没有必要苦逼。”方三文说，横向对比，实际上中国内地的记者与西方包括香港媒体记者相比，待遇和社会地位相对都更高一些。

> 语录
>
> **对记者自身来说，发展的核心价值在于在行业内做到最好。媒体是一个职业，与其他任何行业没有本质不同。一方面没有必要自命清高，另一方面没有必要苦逼。**

在方三文看来，人对自己的能力、兴趣和所处行业的发展应该有客观的判断和认知。“雪球财经的员工激励主要靠忽悠。”在回答一位用户关于员工激励方式的提问时，方三文如是说。但显然，雪球财经的员工在他的“忽悠”之外，自身对投资行业的兴趣，对公司的发展的判断，是决定自身选择的更重要的因素。

回到传统媒体，困惑或许在两个层次：员工的出路在哪里？媒体的出路在哪里？这两个话题有时也交织在一起，其中后者似乎越来越成为行业中人迷茫的根源。对传统媒体作为行业整体的未来，方三文一直不是太看好。但他也相信这只是针对过往的认知而言，当下传统媒体仍有很多事情可做，“探索未知在任何一个行业都有必要性。”而传统媒体对未知的探索还有很大的挖掘空间，无论从内容本身还是商业模式上。

在商人方三文眼中，传统媒体的核心价值无非独特的内容生产能力和独特的发行渠道。目前屡受诟病的网站对传统媒体内容的廉价使用，他认为传统媒体首先是“谈不起价”，任何一家媒体的信息都不是不可或缺。另外，到底谁赚便宜谁吃亏，他认为也很难衡量。有些媒体在发展初期，也利用了网络广泛传播的效应，比如《新京报》。

“与网络唯一有区别的地方，是目前媒体行业的刊号管制，不利于个人创业。”方三文说，除此之外，媒体本质上就是一个内容生产者，还没有任何的发展障碍。即便在这种体制之下，也可以考虑更充分地挖掘潜力和创造价值。

在整个传统媒体格局中，地域类都市报的员工似乎更容易为出路担忧。方三文则认为，地域媒体是唯一没有被网络冲击到的领域。因为强势的网络媒体多是面向全国市场的。本地化的网络平台多是细分领域的切入，如搜房网的各地分站。

“地域媒体，很多方面也有待提升。”方三文说，目前纸媒的内容，多是别人愿意说的，报道的内容是别人愿意让你看到的。这背后还有很多有待了解的核心和重要信息需要去挖掘。对信息的捕捉还要更深、更精准，包括沉入社区等方式，去抓取更有用的信息。依赖报料电话这种方式则会比较被动。

语录

生活层面的东西，我一直觉得生活不成为做事的拖累，同时做事不成为生活的负担。

分析归分析。方三文自己

现在很少看报纸了。“各种门户网站，偶尔看一下，更多是去看google reader和百度news。”而微博出现之后，成为他接收信息的另一个重要渠道。相比网络传播形式的不断提升，传统媒体的步履蹒跚也是现实。

但方三文建议，这些如果短期无法改变，就把这些沉重的话题先放下，享受生活和从生活中学习。“生活层面的东西，我一直觉得生活不成为做事的拖累，同时做事不成为生活的负担。”方三文认为生活很重要，而他自己的生活一直处理得很好。

在个人发展历程中，方三文也有遗憾。“没有去美国高质量的教育体系中去系统学习一些东西。”他说，如果有机会，他希望能够学习一些心理、金融和社会学交融的东西。“不知道有没有这种学科?”他望着记者笑了笑。

第六章

一切并未完成

王跃春：任何时候不能动摇你的意念

她是一个理想气质浓重的新闻人，也是一位理性的现实主义者。这样一个女性，展现着中国传媒圈鲜见的女性管理者的坚韧、睿智。“任何时候不能动摇你自己的意念。”在回应一个媒体同行“冬天已经到了，春天还会远吗?”的感慨时，她说，“春天从未离开。”

张晓舟：搞啊搞，搞到你搞不动为止

他的文字，是传说中的汗血宝马，纵横四海，能走能飞，上得天堂入得了地狱。文思神来，跳出三界外，不在五行中。但可以肯定，这是一位出神入化的杀手，没有人知道他怎么出手，没有人看到他刀剑出鞘，对面人头已骨碌落地。

人物简介

王跃春，武汉大学新闻系毕业，毕业后任职《深圳法制报》记者，从业6年后加盟《南方都市报》深圳记者站，历任记者、部门主任、编委。2003年9月到北京参与创办《新京报》并担任副总编。2005年，转入互联网行业，在搜狐网担任常务副总编。9个月后，重新回归《新京报》，任《新京报》常务副总编，现任《新京报》执行总编。

同题问答

问：理想是不是骗子？

答：自己职业生涯的每一次转折，自我实现，更多的是因为机遇。每一次想改变的时候，都会遇到很好的平台和时机，这是自己幸运的地方。无论是从《深圳法制报》安逸舒适的生活中重新投入到刚刚诞生、白手起家的《南方都市报》深圳记者站，还是在2003年《新京报》创刊时，毅然放弃在深圳已经拥有的呼风唤雨，面对一张未知的新报纸，扔掉几乎所有家当和积累重新开始，我都没有过哪怕一分钟的迟疑。这段经历是我人生中最骄傲的部分了，亲历一份事业的从无到有，人生能有几次？《新京报》是有DNA的，它在不断传承与复制。以我个人的经历而言，这个DNA就是无限逼近事实真相、最大限度说真话的理想，而它的底色是永不满足的自恋与折腾。

王跃春：任何时候不能动摇你的意念

《新京报》的新办公大楼，位于北京幸福大街上，在这个依旧带有几分旧式工厂大院痕迹的院子里，执行总编的办公室低调地隐藏在5楼的一个角落。由于堆满了各种报纸和书籍，办公桌甚至只能被包围在一个靠边的角落里。王跃春在和进进出出的同事交代着工作，她很忙碌，短短几分钟的时间里，你会感觉到她的干练和严肃。在面对面坐下谈起理想和职业规划这样一个话题时，她又在温和亲近的笑容中，告诉你她的温婉和柔和。这样一个女性，展现着中国传媒圈鲜见的女性管理者的坚韧、睿智。她是一个理想气质浓重的新闻人，也是一位理性的现实主义者，这样两种看似矛盾的个体气质，在她身上得到了难得的融合，让她有着在普通女性身上少见的别样美丽。你面对的是一个会从实际考量的冷静女性，但理想的气息依旧能够让你如沐在春风里。

南下，南下！

1994年的初夏，深南大道旁的荔枝公园里，木棉花开的正盛。邓小平画像前，经常能够看到三三两两拍照留念的年轻面孔。正是毕业生择业的时间段，作为中国改革开放步伐最快的深圳，因为“中英街”、“蛇口”等地名，被越来越多的内地人看作一个新鲜和未来丰满的城市，对于即将步入社会的大学生来说，“深圳”代表一种全新的时代，既让年轻人有着无限憧憬，又带有诸多好奇。1992年邓小平南巡后，改革如火如荼展开。国有企业改制、高效统一分配的计划经济时代做法等，正在一步步地被市场化所取代。那个时候的大学生，后来被认为中国最幸福的一代：他们摆脱了统一分配下个人意愿的被压抑，又因为是时代的天之骄子，而有着丰富的人生选择。

不过这一切，对于正在武汉大学图书馆和自习室里为研究生考试紧张而忙碌的复习着的新闻系大四学生王跃春来说，并未有什么触动。由于计划考研，找工作在大四最初的光景，并未成为她人生规划的一项内容。直到三月份考试成绩下来，结果并不理想，去哪里，做什么，才正式摆在了年轻的王跃春面前，成为一道严肃的选择题。“除了考研，我读书时一直的想法就是：如果工作，就是媒体。我的很多同学有去政府部门的，也有进大企业的，但我从来没有这样的念头。”王跃春谈到当年的选择时，说自己早早就做出了职业选择：做记者，而且是做报纸的记者，“因为对纸质媒体特别有感觉。”

语录

除了考研，我读书时一直的想法就是：如果工作，就是媒体。我的很多同学有去政府部门的，也有进大企业的，但我从来没有这样的念头。

作为一个江苏姑娘，王跃春出身知识分子家庭，父母都是高级工程师。只有一个哥哥的她，作为家中小女儿从小就备受宠爱，但父母对女儿的个人意见也非常尊重。“可以说我是在一个氛围非常宽松的家庭中长大的。”这样的成长经历，让王跃春的内心里，经常会有天不怕地不怕的独立主张，并且能够遵从内心的想法。高考填志愿时，父母一心希望女儿能够填报一个南京或附近的高校，这样能够离家近一些，方便照顾。但也正是因为离家近，让王跃春坚决拒绝填报南京的高校。“当时就想着要去一个离家、离父母远一些的地方，能够有自己独立的空间。”经过考虑和比较，她填报了武汉大学新闻系，并最终如愿以偿。

在中国的新闻学高等学府中，武汉大学是一个久负盛名的老牌学府，中国的新闻人，尤其是在广州这个媒体重镇，武汉大学新闻学毕业生群体庞大，许多人颇有建树。由于考研结果公布时已经到了三月份，留给她找工作的空间并不宽裕。而此时，老家南京的父母已经帮王跃春联系好了当地电视台的一份工作，只等着她回去上班。这一次，有想法的王跃春再一次没有按照父母提供的人生路线前行。她给在广州、深圳的学长打了几个电话，简单问了问情况，便做出了决定：南下！几天后，王跃春带着一份装订好的个人简历，独自一人来到了全然陌生的深圳，开始了自己的“上门自我推销”式的求职之旅。

在深南东路旁树荫掩映中的《深圳特区报》（后来搬至了现在的报业大厦），因为两年前那篇《东方风来满眼春》名噪一时。王跃春的目光，最先落到了这里。她走进报社办公楼，直接闯入办公室，并递上了自己的简历。这是一份颇为优秀的简历，在看完之后，这位负责人只能对王跃春摇头感慨。由于已经过了报社招聘截止时间，招人计划和入户名额已经全部上报结束，即便是非常希望招揽这个人才，但受到体制所限，对她也只能是拒绝。走出大门的时候，阳光正透过树荫撒在路上。天气很好，漫步在绿树浓阴的荔枝公园里，刚刚遭遇的拒绝所带来的沮丧并未持续多久。而随之，公园对面那块《深圳法制报》的招牌吸引了王跃春的目光。没有多想，她走进报社大门。这一次，一拍即合，谈话以王跃春当场被录取作为结束。至此，王跃春一脚迈入了新闻圈，并开始了其后长达8年的记者生涯。

南方的召唤

在《深圳法制报》的记者生涯里，王跃春初次展示了她对新闻蕴藏的巨大激情。许多同行都在编发政府部门提供的通稿时，王跃春会跟着城管参加半夜的行动，到山上围捕闯祸的山猪、查处潲水油，跟随公安消防参加夜间行动……晚上出发，凌晨回来，这种甚至连男记者都望而生畏的工作强度，王跃春这个女孩子却做的甘之如饴。她总是能让硬邦邦的官样新闻有着现场感，让枯燥的文件因为实实在在的新闻点而成为版面头条。她工作拼命，但生活依旧丰富多彩，爱逛街，爱K歌，喜欢参与各种休闲活动。她的身体里似乎有着超强的能量，这种爱热闹爱玩的生活休闲一面，到后来任职《南方都市报》深圳记者站站长时，成为团队的一大特色：一群对新闻充满理想的年轻人，在结束了一整天的奔波后，或唱或醉，畅谈快意人生……

但即便是在这样充实的生活里，职业瓶颈依旧无法避免的到来了。消息通讯的写作驾轻就熟，与对口负责的部门关系也日渐融洽，在时间安静的脚步中，写稿、上班。《深圳法制报》的记者职业生涯，渐渐开始成为一种码字的程序性工作。王跃春在生活的安逸中，感到了一种不满。

1999年岁末，王跃春开始在日渐常规化的工作中感到了一种寻找新平台的内心冲动。在《深圳法制报》工作6年后，一切都已经驾轻就熟。作为该报在罗湖区的驻站记者，她独自拥有一间很大的办公室，舒适、自在，但“毫无激情”。那间比后来在《南方都市报》和《新京报》都要大而舒适的办公室，渐渐失去了对王跃春的吸引力，她下决心要换一份工作。其时，总部在广州的《南方都市报》编委会刚刚在这一年10月做出了创办《深圳新闻》和组建深圳记者站的决定。这一决定在不到半年后成为现实，2000年3月1日，在深圳上步中路《南方日报》深圳办事处的七层楼里，《南方都市报》的《深圳新闻》出街，带着与生俱来的活力与激情，如一块巨石投入沉寂许久的深圳传媒圈里。

王跃春开始在每天进出的罗湖区政府办公楼对面的报亭上，关注起了这份带着“赤子”般的真实甚至有些莽撞的报纸。“我当时只是在自己的心里想，如果这份报纸在深圳能够有记者站就好了，我一定去应聘。”这种心里的默念，随后竟真的成为现实。不久后，酝酿出版《深圳新闻》的《南方都市报》打出了招聘启事。王跃春几乎没有任何犹豫的就拿着招聘启事，跑到广州找到了自己大学时代的朋友，在《南方都市报》当摄影记者的王景春，并通过他给《南方都市报》递了一份个人简历。

面试由负责组建《深圳新闻》的深圳记者站站长杨斌主持，只谈了短短十分钟，然后杨斌告诉王跃春，你被录取了。这个后来经常梳着两条麻花辫子，在《南方都市报》经历的各种风雨中表现出罕见的果敢与坚定的姑娘，在面试当天给杨斌的第一印象却是她可爱风格的着装，“穿了一件牛仔背心，背后是一只吐着舌头的大狗。”

事实上，当时28岁的王跃春从武汉大学毕业后已经工作了6年，此前从未有过跳槽的经历。从某种程度上说，她已经过了跳槽的最佳年纪。不过投这份简历时，她并没有想太多，一心只是想改变。“我从来没想过自己不会被录取，我觉得我一定会去那份报纸。”到今天回忆起当时的情景，王跃春清晰地记得自己当时坚定的信心，她甚至不愿意将2000年的工作改变称为“跳槽”，她说，“这不是选择，是召唤。”

这是来自一个新闻理想主义者内心的召唤，虽然在十几年后谈起，王跃春的语气平和从容，并更多的将之称为机遇，但在那样一个春天里，她走进上步中路1021号《南方都市报》深圳记者站，迎来了自己最灿烂的理想主义时代。

红旗手“春姐”

王跃春自己也不记得，十年前的《南方都市报》曾经出过一期“点将录”，当时的《南方都市报》总编程益中在写到她时，送了她一个“《南方都市报》红旗手”的称号。这位红旗手“给人至深印象的，是落落大方的举止，和爽爽朗朗的笑声，还有那酷似田震的歌声。这个‘女记者’不一般，能简简单单地把不三不四的事情分析得头头是道，其淡定从容甚至远非一般男人可比。深圳记者站是本报一面不倒的旗帜，她就是当仁不让的红旗手。”

“口头禅是‘该干吗干吗’，配上把小手干脆利落地这么一挥的经典动作。”在那次《南方都市报》团队的集体亮相中，勾勒出的是王跃春身为一个能做出像“黑豆腐”、“ABA”这样闻名全国的新闻报道的女性新闻人少有的大气与刚强。

> **语录** 我最珍视的不是新闻本身，而是我们为之共同付出的激情和那个激情澎湃的团队。

她后来回忆这段自己在《南方都市报》生涯的开始，“从试用记者做起，试用期发了几十条稿，一分钱稿费也没有。”但这个“红旗手”的拼劲却很快为自己拓展开一片新空间。不到半年，她成为《南方都市报》深圳记者站副站长。一年后，她就任《南方都市报》深圳记者站站长，开始了自己的团队领导者角色转型。

在深圳，甚至在中国，传媒圈内的女性领导者直到今天仍旧属于“少数派”。王跃春带领的《南方都市报》深圳团队成员，在那个年代几乎是清一色的男性。原《南方都市报》深圳站傅剑峰回忆当年的王跃春，“这个对新闻事件有着‘庖丁解牛’般技艺的女人在深圳记者站有着神奇的号召力。她已经30岁，目光温润，脸色有苹果红，平常喜欢扎着辫子，喜欢笑着和部下说话，还喜欢和部下一起点盒饭和吃肯德基，所以部下们把她当姐姐，叫她春姐。然而她又是一个理想气质很浓的‘姐姐’，她说要在深圳记者站创造南方新闻界最平等、最透明、最阳光、最有凝固力的工作氛围，她喜欢和记者们一起讨论问题不断碰撞火花，一旦决定下来必百折不回……外柔内刚的个性因此表露无遗。正是这成了她神奇号召力的根源。”

时任《南方都市报》深圳记者站记者的普德法，对王跃春的印象则是“一个看起来很有邻家姑娘风格的女性，她亲切、随和、话不多，但表达自己的观点和意见时，很有力量。”这种在女性的温婉背后透出的坚定，成为呈现在《南方都市报》深圳新闻纸上的一件件轰动全国的新闻报道。在她的指挥下，深圳记者站曾经在8个月的时间段里，3次炮轰ABA诈骗集团，同时连续推出10天的社论进行追问，报道气势和规模，开都市报对单一新闻事件报道之刚强先河。

此后,《南方都市报·深圳新闻》开始进入茁壮成长时期，并迅速为深圳的传媒市场带来一波改革和创新的冲击力。创办3年多以后，这份“外来”的报纸已经成为深圳本地最受市民欢迎的媒体。无论在《南方都市报》内部还是在深圳市场上,《南方都市报·深圳新闻》都成为带有“标杆”性质的一面旗帜。而王跃春，则带领着一支标杆团队，在深圳的新闻战场上开疆辟土，拓展着《南方都市报》的公共话语空间。

对于王跃春来说,《南方都市报·深圳新闻》是她生命中一道最精彩、最精彩的痕迹。在中国，可能从来没有哪一个地方的记者站，会像2000年自己初到的《南方都市报》深圳记者站，在一种异常艰苦的环境和条件下，保持着高昂的激情和旺盛的战斗力。这种激情和战斗力，从某种程度上说，与王跃春自己的个人气质相契合，也与她所凝聚的深圳记者站整体的理想相契合。

“我最珍视的不是新闻本身，而是我们为之共同付出的激情和那个激情澎湃的团队。”她用“伟大”来形容这个曾经与自己并肩前行的团队，时至今日，依旧对其充满深情。

风华正茂

如果不是《新京报》的诞生，也许对深圳怀有特别感情的王跃春，会一直扎根在这座城市，不会离去。但就在《深圳新闻》风雨激荡之时，不安分的《南方都市报》人已经在酝酿着一场北上办报——全国首个跨地区合作办报的壮举设想。这一在当时看起来带有天马行空性质的设想，实际上自2001年《南方都市报》在传媒界异军突起之时已经诞生，前前后后接触过的合作方也已经不下数十家，但最终均未有结果。彼时，北京《光明日报》旗下一份子报《生活时报》正在为日渐糟糕的处境而寻找出路，这一次，寻找扩张机遇的《南方都市报》遇到了苦于突破的《光明日报》。

2003年7月,《光明日报》报业集团与《南方日报》报业集团正式敲定合作模式，前者提供刊号资源和办公场所以及一部分股本金，后者提供部分股本金和流动资金，以及《南方都市报》的版面资源和经营资源。按照最初的设想，《南方都市报》只是打算在外地复制一份自己，除了增加一些本地的新闻及生活和房产资讯外，其余娱乐、文化、体育、国内、国际新闻等，均采用《南方都市报》现有的成品。因为在此之前，已经取得巨大成功的《深圳新闻》，已经作为现有的经验提供了一个极好的范本。

但这一计划很快发生了改变，并最终几经修正，决定在北京办一份脱离《南方都市报》的独立全新报纸《新京报》。随后，《新京报》开始招兵买马，而《南方都市报》的采编骨干则首当其冲的成为这次对于《南方都市报》来说具有历史意义迈步的先锋队。王跃春在此时选择离开深圳，加入北上《新京报》的团队。“当时还是有一些犹豫和顾虑，毕竟我已经在深圳生活了十年，熟悉这座城市，朋友、关系都在这座城市，而北京对于我来说，是全然陌生的开始。一份全新的报纸，你不知道它的未来会怎么样。”但她的这种顾虑几乎是很快就被亲历一份事业从无到有的冲动与渴望所打消了。王跃春后来谈到这次的选择时，将这段经历称为自己人生中最骄傲的部分，“亲历一份事业的从无到有，人生能有几次？”她不再有犹豫地决然北上，出任《新京报》分管时事新闻的副总编一职，迎接一场有关理想的新的践行。

这份后来被评价为“一出生就已经风华正茂”的报纸，让王跃春的人生从广州大道中289号来到了北京永安路106号。时空的距离遥远又短暂，理想与人生已是又一次风华正茂。

春天从未离开

2005年3月，因为私人原因，王跃春离开《新京报》，到搜狐网工作。她坚持以离去为自己做出一种选择和决断。彼时，互联网对传统媒体的冲击效应正在开始酝酿发酵。从报纸跳到网络，对于任何一个传统媒体中的新闻人来说，都是一次前景可期的转型。但正当她在全新的领域将搜狐的新闻做出声色之际，一次意想不到的变故，让她突然中止了这次转型进程，选择重新回归。

2005年，王跃春离开后的不到10个月时间，《新京报》遭遇了成立以来最大的震动。12月29日，正在搜狐17楼会议室开会的王跃春收到杨斌5个字的短信"我被撤职了"后，当场就哭了，会议没有再开下去。随后，她接到了《南方日报》社社长范以锦的电话，希望她能够回到《新京报》。"我好像想都没想就答应了。其实，我自己的计划是在搜狐干满一年，至少兑现些期权。此外，在搜狐9个月，正进入佳境，公司对于我这个传统媒体人的转型非常满意。但我自己很清楚，我还是会回到报纸去的，感觉'灵魂'在那里。"

在传统媒体管理者纷纷转型互联网的时代风云中，王跃春放弃搜狐的回归，也让她成为走"回头路"的第一任。事后证明，除了互联网这个行业，她同时放弃的还有一大笔财富。但她从来不认为自己回归的这个选择是牺牲或者有多伟大。

语录

许多网友都在问新媒体对传统媒体的冲击，这个问题真不用担心。大家的工作本质上还是一样的。这个时代，人们需要信息，更需要事实和思想。

她说:“我是有私心的，我的私心就是《新京报》，我喜欢它，需要它，远远超过它需要我。”

这一次的回归最初并不被许多人所理解。因为许多最初创业时从“南方”一直跟随杨斌而来的中高层管理者相继以去职表达着自己的抗议。而王跃春在此时的回归，多少令这些人难以接受。有人甚至给她发来一条4个字的短信，“情何以堪!”风云飘摇和人心涣散，在内外交困中的接手，让她回到《新京报》的这条路远比自己想象中的艰难。采编中层在那段时间走了一半。王跃春此前在《新京报》时分管的中国新闻、北京新闻、深度报道、评论四大主编，均是她的前部下，并未因为她的回归而留下。她对那段时间的记忆色调灰暗，“2006年初的那段时光，掺杂更多的怀疑、畏惧、无奈、扭曲和非议。

从那时开始，这个“喜欢笑着同部下说话的领导”，开始学会面对同事的离开，但她也对自己说，“任何时候不能动摇你自己的意念。”

王跃春的生活重新开始了日复一日的看版、签片，在回归的报纸的忙碌中找到了填满自己的充实。虽然与9年前离开深圳北上，与12年前离开《深圳法制报》投身《南方都市报》时相比，此时此刻，她在温婉中更多了几分从容，在坚定中成长出更有持久力的柔韧，在果敢里磨炼着“风物长宜放眼量”的睿智。即便是面对现实的无奈，她也从未放弃在新闻价值和媒体管制之间寻找到智慧平衡的努力和尝试，并坦言包括《新京报》，包括她自己，都在发生改变。这种改变是在时代现实中一份报纸既要生存成长，又要坚持理想的选择。她不会将新闻理想挂在嘴边，但她一直在寻找着距离新闻本质最近的现实路径。

2011年11月，王跃春在腾讯网上担任了一周的客座总编。卸任这份临时工作时，她在自己的腾讯微博里写下了几段“工作总结”：“许多网友都在问新媒体对传统媒体的冲击，这个问题真不用担心。大家的工作本质上还是一样的。这个时代，人们需要信息，更需要事实和思想。”在回应一个媒体同行“冬天已经到了，春天还会远吗？”的感慨时，她说，“春天从未离开。”

人物简介

张晓舟，乐评人、音乐策划人、足球评论员、成分复杂的媒体专栏作家。1995年进入《南方都市报》，为《南方都市报》草创之际的骁将。做过娱乐、电影、音乐、读书、国际新闻编辑，参与创办《南方体育》。2009年离开南方报业，移居北京，任《时尚先生》杂志总主笔。

同题问答

问：理想是不是骗子？

答：没有，被骗你心甘情愿，有什么好骗的呢？能够被骗时非常幸福的事情。但这个时代国家社会的大变局似乎已经完成了，似乎到了难以撼动的地步，你自己也走到人生中段了。以前是未完成，你会觉得自己似乎可以设计规划，即使不是设计规划，你也可以梦想这个社会、这个国家、这个时代以及自己将是什么样，有多少可能性。如今我只能竭力让自己相信：一切并未完成，值得为之奋斗，哪怕是无望的，人是永远生活在未完成的状态中的。但我不喜欢“理想”这个词，我也不是一个有所谓“信仰”的人，那些大词都被人弄得湿漉漉、滑溜溜的。从这个意义上说，与其相信情深深雨蒙蒙、月朦胧鸟朦胧的所谓“信仰”和所谓“理想”，还不如相信一块石头，能扔多远就多远，向大门砸去。

张晓舟：搞啊搞，搞到你搞不动为止

张晓舟是个很“搞”的人，江湖上还没有人看到他有“搞不动”的时候。

和很多中年大叔不一样，1970年生人的张晓舟留着长过眉头的刘海，一双眼珠子在长发后边射出精光，穿透过黑框眼镜，仿佛凭着眼角的余光，便可把人像生剥洋葱一样清理得干干净净，甚至不留一条四角底裤。张晓舟，人称“张天师”，精通乐评、球评，文思诡异，成分复杂，但每每笔锋犹如一柄30公斤的杀猪刀，所向披靡。

他谆谆告诫来访者，如果你不太了解我，应该先上网搜一些背景资料，省得我自吹自擂。不过，这个男人又斩钉截铁地声明，圈里流传的关于他张晓舟的笑话传奇，大多是杜撰的。但张晓舟喜欢听关于自己的段子，他觉得，自己能激发别人去编故事也挺好的。他甚至不介意别人丑化他，因为这个黑瘦的男人觉得能变成别人的笑料也是一件功德。

少年赌徒狗头军师

“张晓舟喜欢在酒席上吹嘘家乡的潮汕帮如何用斧头代替语言……”刘原这样描述原《南方体育》的同事张晓舟，却被当事人矢口否认。张晓舟根本不愿意多谈自己的家乡，他不喜欢中国文人狭隘的地域观念和虚假的乡愁。他说刘原只是在编段子调侃。

他毫不讳言自己讨厌文人情调，还以他的张氏风格嘲讽了一大批文人。他说，即便我是西安人，我也不会摆出一副长安人的样子，不会觉得唐朝和我有什么关系；如果我是北京人，我也不会用北平民国来发嗲；如果我是上海人，也不会跟你说，张爱玲就曾住在我家旁边，我跟她有一腿。

“我宁可说那对成长记忆的珍惜，但我不会归结为乡愁。”张晓舟1970年出生在广东汕头市区，距离海边只有半公里路，但他并不会游泳。他说他怕死。在张晓舟12岁时，远方一个叫韩东的诗人写下这样一首诗：

你见过大海/你想象过/大海/你想象过大海/然后见到它/就是这样/你见过了大海/并想象过它/可你不是/一个水手/就是这样/你想象过大

海/你见过大海/也许你还喜欢大海/顶多是这样/你见过大海/你也想象过大海/你不情愿/让海水给淹死/就是这样/人人都这样

可是多少让人诧异，住在海边的张晓舟也怕被海水淹死。其实这个海边少年喜欢大海，喜欢在海边看日出，喜欢海明威的《老人与海》，还会背诵普希金的《致大海》，但他不会划船，也不会游泳。除了记得曾经差点被淹死，曾被海浪卷进去又吐出来，张晓舟至今搞不明白，自己为什么亲海又惧海。他只归结为，自己不是一个多么有英雄气质的人，只是一个怕死的人。

不会游泳的儿子多少让张晓舟的父亲有些意外，张家三个孩子的名字里都带有海的烙印：老大张晓帆、老二张晓舟、老三张晓舸。

这是上世纪80年代中国城市里，一个典型的小知识分子家庭。张晓舟的父亲是中学老师，母亲是造纸工程师。

张晓舟在一篇《敬惜字纸》的文章里写："母亲是造纸工程师，小时候家里总能试用母亲带回来的刚刚出炉的新产品，尤其是卫生纸，那可是紧俏商品。我们从小就被搞分裂了，大人们总是教育我们要相信报纸上的话，可是转眼他们就拿着报纸去擦屁股；大人们会带着我们去游行，边喊口号边挥舞写着标语的五颜六色的小纸旗，可是游行一结束他们就纷纷把小纸旗扔掉。那是一个纸张短缺而又铺张浪费的年代。"

由于父母的关系，少年张晓舟家里藏书颇丰，但是很多书都被他拿出去卖掉，换来钱去赌博。十二三岁开始喜欢读书的张晓舟，七八岁就喜欢赌博。

人说三岁看老，但在少年张晓舟身上，似乎找不到未来作家的丁点迹象。

那个年代，对于一个小孩来说，也许街头生活更重要，那是带有某种游戏和暴力色彩的街头生活，街头赌博是其中之一。各式各样的赌注，赌打耳光，输了就被抽；赌挠脚底，输了就给赢家挠脚底，因为被人挠脚底是一种很舒服的享受。赌法更多，石头剪子布可以赌，也赌硬币正面背面，甚至还会赌用刀劈甘蔗皮，能否一刀砍下来，谁赢了，这甘蔗就归谁，输的人买单。张晓舟认为那个年代街头赌博很有趣。

终究是赌博，和钱脱离不了干系，好赌的张晓舟免不了要拿了家里的很多东西去卖掉，其中包括书。他的父亲虽为中学老师，但挣得工资很少，不过家里订了大量报刊。

那是一个很艰辛的时代，那时候的父母也是非常劳累。他们也没有很多时间去管小孩。

非正常死亡在小孩子中非常普遍。每个学期开学回到学校，都会发现有同学死了。那个年代，父母管不过来，小孩就会因为种种原因死了，比如游泳、中暑、打架，都会死人。这是张晓舟的生长氛围。

很多年后，他这样评价自己的过去：从小就是一个毁誉参半的人。

出于一种小小的反叛心理，他会故意在作业中夹杂几个繁体字，甚至坚持用繁体写自己的大名，以此示威炫耀。“当庞中华的钢笔书法俨然成为文字标杆，我却不好好学他，而开始龙飞凤舞自创一体，风格主要取法霹雳舞太空舞，向迈克·杰克逊学习，倾斜30度乃至45度。”

他小时候喜欢画画，画水果，从并不精湛的画技中捞到一些小孩之间的尊重或者佩服。他长个子很晚，打架根本不是很多同龄人的对手。而那个年代的街头生活，充斥着各种打架暴力。

20世纪70年代末80年代初的中国城镇，街头打群架是一种宣泄，是一种娱乐。“文革”之后，不需要再闹革命再破四旧，但新一班年轻人又长起来了。没有了“革命”，就开始打架，莫名其妙地打起来。打架的理由非常简单，比如说你瞪了我一眼（哪怕事实上没瞪），又比如说你的成绩考得比我好，立马拳脚相加。

张晓舟却从来没有打过架。

因为在体力上不占优势，这个瘦小而狡黠的孩子时常想，要动脑，避免不必要的牺牲。

这一动脑，让很多头脑简单、四肢发达的同龄人便把张晓舟当成一个参谋。少年张晓舟早熟地成了“狗头军师”，狐假虎威了数年，而无人敢欺负。

在30年后，依然没有变成肌肉男的张晓舟还是同样评价自己，还是一个“狗头军师”。“我不是一个勇士，也不是一个大将。我是一个‘狗头军师’。”

自由散漫另类分子

如今的张晓舟，津津有味地听着别人添油加醋传他的段子。足球界有本托蒂笑话集，内含几百个笑话，托蒂自己也很喜欢看，但里边的笑话大多和他没关系，只是把笑话强安到托蒂头上。

张晓舟不介意别人杜撰自己的笑话，却耿耿于怀30多年前的一次“蒙冤”。

那时，老师们总是说，对这个小孩要一分为二看。“这个小孩很聪明，但是……”在汕头的那个小学里，很多莫须

> **语录**
>
> **你可以体会到集权、诬陷、告密无处不在。我还不如真的去偷看女厕，真是亏大了。**

有的罪名都安到有几分狡黠的张晓舟头上来了。“有些不是我干的事情，但像是张晓舟干的事情，都安到我头上。”

10岁那年，张晓舟的学校里出了件大事，男女厕之间的隔墙被挖了一个大洞，整堵墙几乎倒塌。从男厕看到女厕一目了然。全校震动，谁干的？

张晓舟在厕所里撒尿，被老师抓着了。挖厕之名被强行安上。后果是严重的。

张晓舟坚决否认挖厕，但显然，事情已经深入到这个小男孩的内心。30多年后，张晓舟的脑海里依然清晰浮现着那个老师凶神恶煞的样子：“你可以体会到集权、诬陷、告密无处不在。我还不如真的去偷看女厕，真是亏大了。”

在他看来，在那个年代，我们当然可以反抗，但随时都要被人审判，学校可以随时变成一个监狱。少年张晓舟甚至常常会突然被赶到教室外，到初中之后还有这样的事情。

不过，张晓舟也认为，这样的教育其实也是一个好事情，在让学生失去自尊的同时，也让教育失去了尊严，失去了合法性。若干年后，这些都成了专栏作家张晓舟笔下嘲讽的对象，无论工作如何变动，此人从未改变他对僵化体制的满腔鄙视。

他在《狼国人》一文中写：

我并不欣赏郎朗的演奏，但欣赏他在这部口述自传中的诚实：他并不隐瞒成功背后的痛苦——当我用拼音想打出他父亲的大名，先出来的是“狼国人”，接着才是“郎国任”。郎国任的时代典型性，丝毫不下于其子。他为了让儿子成功不惜以跳楼吃安眠药相恐吓。摇滚友喜欢动辄嚷嚷什么“死磕”，殊不知古典音乐比丫更死磕百倍！这样的“狼国”不大国崛起，不大国飞起，不大国咬起，不大国嚎起，我们“狼国人”还是人吗？

张晓舟更对体制有一种特殊的敏感，在比较早的时候，这个小男孩骨子里就信奉个人主义。那些年，几乎每一位老师对张晓舟的评语，都是“该生自由散漫”。多年后，走上社会，乃至在《南方都市报》，也有不少同事这样评价张晓舟。“我知道，很多人都对我有意见，不管到哪，跟幼儿园的老师评语一样：自由散漫。”张晓舟却感到不明白，这两个词为什么会搭配在一起，他觉得自由散漫是对一个孩子的很高评价。

从小学到大学，张晓舟的学习成绩起起落落非常惊人。其间轨迹，毫无逻辑，学习像股市一样，完全没谱。不过，到了高二的时候，张晓舟还是向体制妥协了。

尽管厌恶教育制度，厌恶考试，这个“狗头军师”还是相当识时务，尤其到高三时，学习非常努力，每天睡5个小时。考上大学，对他个人来说无疑还是非常重要。最后张晓舟考入了位于北京的国际关系学院。

学校是不重要的，这个南中国海边长大不会游泳的年轻人，一心想去北京。

1988年夏，广州到北京的绿皮车厢，硬座学生票24块5毛，列车广播在没完没了地放着流行歌和红歌。为了抵御车上的苦闷和恶臭，很多人一边看着窗外一边跟着哼唱。没有人注意到车厢里还有一个年轻小伙，在低声唱齐秦——声音只有他自己听得见。更无人能想到，若干年后，这个羞涩的年轻人竟成为赫赫有名的乐评人。

这是第一次坐火车的张晓舟去北上求学。那是一个风云际会的启蒙时代的尾声，上一个时代的大幕将要落下，下一个大幕将要开启。

在大学校园的路上，每个人都拿着小收音机学习英语，每周看两到三部英文录像。每个人都有一本托福或GRE的参考书。在1989

年之后，托福和GRE更兴盛了，校园舞会少了，多了气功讲座。对这个时代的疯狂，张晓舟更多只是冷眼旁观，一如看戏。

他没有收音机，也不看英文电影，更不关注托福和GRE，先前有舞会时候也不会跳舞，他甚至也很少上课。

这个另类分子的大学生，主要时光是在图书馆度过，然后就是踩着单车逛古老帝都的大街小巷。

20世纪80年代的时候，这个国家有一种非常天真浪漫但也有些幼稚的理想主义。那时候，很多年轻人甚至年纪大的人都认为自己的未来有很多可能。

但20世纪90年代商业社会的可能性，使得人一下子分化了。90年代初，“下海”风靡大江南北。在海边长大的张晓舟看来，这多少是大陆性人民将对海洋的无知和恐惧，转化为对一无所知的商品经济的焦虑、躁动和无知：性知识、摇滚乐、气功、先锋文学、现代艺术、股票、GRE……乱七八糟的新生事物搅和在一起。

在这种背景下，张晓舟大学毕业了，不知所向，拔剑四顾心茫然。

天师驾到牛逼飞舞

他想留北京，没有工作机会，但谋生是避免不了的。在邓小平专列南巡数月后，张晓舟南下广州。那个时候，同样是找工作很难，看到哪里有工作机会，就去了。

张晓舟去了一所大学的宣传部，工作之一是召集党员开会，搞笑的是他不是党员，又进了广东省作家协会下属的一份报纸，但他也不是作协会员。

而此时的广东报业，正酝酿着历史性的变革。《广州日报》风生水起，蒸蒸日上。面临重重危机的《南方日报》试图创办一家都市报来抢夺市场，此即《南方都市报》。

在一个饭局上，张晓舟认识了此时尚在《南方周末》的朱德付，经他介绍去找了《南方都市报》的筹办者、首任主编——关健，而此前他早就和副主编程益中认识。1995年，张晓舟进入尚在试水做周报的《南方都市报》，是为《南方都市报》最早的一批干将之一。

那时候的《南方都市报》，根本无人知晓。张晓舟和同事们，有时在名片上不仅要写上《南方都市报》，还要写上《南方日报》。“因为别人不认识，不得不低三下四。”张晓舟初进《南方都市报》，倒也不是说对这份草创随时可能倒闭的报纸有多少热爱。他说：“我并没有多少可选择的机会，到哪一步就算哪一步。”

但张晓舟这个很窜的人，这个不守规矩的人在《南方都市报》一待就是14年。

张晓舟始终这样认定，《南方都市报》虽然是体制内，但是它代表着一个新品种，代表着全中国新闻体制内的一个新品种。《南方都市报》在南方报业大院里受到了很多歧视。《南方都市报》的体制薪酬，比较市场化。这样的东西对于一些占着茅坑不拉屎的人是不利的，因此受到他们的嘲讽。就像D罩杯嘲笑A罩杯一样，很多人仅仅因为这张报纸小，只有别人的一半，就嘲笑之为“小报”。不过，当时程益中就说，广州是一个拥挤的城市，将来会有地铁，《南方都市报》小，打开看就不会打着别人。

张晓舟先后编过国际版、娱乐版等，后来成为《南方都市报》“五文弄墨”工作室悍将。1998年初，国际新闻编辑张晓舟调到体育组。他和龚晓跃等一帮年轻人用自己手中的笔开始一种完全不同以往的体育写作，并注定开创着中国体育写作的新历史。

当时，中国的体育报道和评论仍然处于就赛事论赛事的刻板阶段，但《南方都市报》的体育新闻语言却已经在颠覆性的道路上一路狂奔。“五文弄墨”以自由犀利的风格、自由散发的思想以及独特个性化的语言，造就了一种体育新闻领域的独特风格。

“五文弄墨”工作室悍将们后来大多参与创办了《南方都市报》旗下的《南方体育》。张晓舟也不例外。无论是作为《南方体育》首席评论员，还是后来回到《南方都市报》评论部，张晓舟的文字奇崛瑰丽、嬉笑怒骂、纵横江湖。

但若干年后，张晓舟却很不愿意多提“五文弄墨”。他说，我不想满足别人的怀旧癖，每次有人提起“五文弄墨”以及《南方体育》，我都兴致不大。他甚至认定，那只是自己青春期的写作，几乎没什么是可以留下来的。他也说自己没什么《南方都市报》系或南方系情结或优越感。

看似狂放不羁的张晓舟，其实对文字有着异乎寻常的苛求。从大学毕业后不久，他的作品便大量发表于各种报刊杂志，并飘洒于网络，吸引无数粉丝追捧。他的乐评、球评，一出手便惊艳全场。“张天师”的地位，很多年前便在江湖奠定。

关于张天师，有一段网友的评价：

如果说我大话一句，10年后没准我能有连岳的修为，但100 000年后我都没办法有张晓舟那种四顾苍茫的牛逼，也许我能伪装成龚晓跃，或者沦落为刘原，但我的blog链接上只会有一个而且永远无法企及的牛逼飞舞张晓舟。只觉得连岳也许都不需要粉丝，而张晓舟需要——让这些粉丝像玉米一样喊“天师大胆写，粉丝管献身”——献身做什么？让他能够从心所欲，指到哪就打到哪。这么一柄刀，太利、太薄，每次一更新，都让我觉得他像是含着最后一口血在写。

弄他弄他与猛鼠过街

号称“伤害了三千万重庆人感情的东西”，是张晓舟一篇用一个小时写出来的游戏文章。而且是手写发传真回报社的，所以发表出来还有一点文字差错。

2008年2月，东亚四强邀请赛在重庆进行。作为《南方都市报》主笔的张晓舟一直驻守重庆，近身观战，连续写下4篇“东亚四强赛观察”，配合其他记者的赛事报道。在操刀第5篇“东亚四强赛观察”之际，张晓舟完全跳出足球赛事，将目光投向身处的这座城市，嘉陵江畔的重镇重庆。

“重庆就是一座很‘搞’的城市。这个暧昧的动词意味着‘搞笑’和‘恶搞’。高架桥把古城墙摁在胯下，米开朗琪罗的肌肉男雕像守卫着长江大桥，宋代古镇磁器口的茶社里键盘为三把二胡伴着电子节奏，江滩的庙会上响彻震耳欲聋的‘We will，We will rock you’——可译为‘我们就是要搞你’。”

用笔风格一如既往奇诡，张晓舟以这样开篇的稿子于2月22日刊发在《南方都市报》体育版左侧边栏，全文1300字左右，题为《弄他！弄他！》。谁也没想到，“弄他，弄他！”四字投掷嘉陵江，在山城掀起了12级风暴。

起初是一切风平浪静。见报3天后，重庆本土影响力最大的市民论坛——“重庆论坛”出现一篇名为《张晓舟：你必须向重庆人民道歉》的帖子。一石激起千层浪。更多的重庆网民这才如梦初醒，千里之外的广州，居然有这样一篇“大逆不道”的文章得以见报，“公然诋毁和恶意中伤他们深爱着的重庆城”。他们开始愤怒，在网上愤怒“围殴”:“这个痞子一般的人，偏要流氓式的思维，无赖一般去写字，硬生生给重庆来了一张鬼画符，实在可恶之极!”

同日下午，重庆当地的媒体开始陆续介入此事。华龙网、当红网、重庆生活论坛、天涯社区重庆版等22家重庆当地的网络媒体发起联合声讨。大渝网以大渝头条刊发《张晓舟恶评重庆 22家网站联名要求道歉》。

作为重庆主流网络媒体的华龙网，由《重庆日报》报业集团主办，该网站牵头发表声明说:“在这篇‘奇文’(《弄他！弄他！》)里，此人（张晓舟）满怀深仇大恨，使用了大量近乎变态的暗喻，对重庆人、重庆历史、重庆文化，甚至重庆这座城市的‘性别角色’，进行了“行云流水式”的谩骂。这篇文章以偏概全，极尽污蔑重庆形象之能事。文章严重破坏和扭曲了重庆形象，给重庆人民抹黑，造成极坏影响。”

随后,《时代信报》、《重庆晚报》等数家当地纸媒也开始介入，开辟显著版面报道此事。山城重庆连续数日，除张晓舟外无新闻。一盘散沙的网民竟罕见的有组织起来，草拟两份诉状，要起诉《南方都市报》和张晓舟，其中一份诉状的原告为“3100万重庆人民”。

此外，甚至还有重庆网民聚集抗议这篇一千多字的稿子。

为此，《南方都市报》在网上和报纸上分别做出了简短的致歉启事。此番重庆全城激愤风波终于逐渐恢复平静。

而冒“三千万重庆人之大不韪”的张天师，实际从未改悔。在争议漩涡中央，他关了手机，像世外高人一样，静静看着这人间游戏众生百态。

“那篇文章在我的文章里属于三流水准，只是一个小时写出来的游戏文章。只不过它获得了超一流的名声，超一流的影响。”在他看来，整个事情都可以写成博士论文了。

张晓舟坚信:“只有没有幽默感的人才会觉得这篇文章是在骂重庆。尽管用的语言刻薄了一点，但一看就是一个喜欢重庆的人写的文章。怎么会觉得是在骂重庆呢？‘弄他，弄他’，这样的语言魅力多好玩?”

他是一个爱看戏的人。“离开《南方都市报》也跟这个没关系，哪里钱多我去哪。”重庆风波一年后，张晓舟受老同学兼旧同事钭江明之邀，离开待了17年的广州、14年的《南方都市报》，北上出任《时尚先生》总主笔。

“与其说我换这个工作，不如说我要从广州搬去北京。”张晓舟仿佛还是当年18岁的汕头小伙，考大学去北京，并不是因为喜欢某个大学，而是因为喜欢北京这座城。他有自己的逻辑，工作不过是谋生，不是最重要的。

即便改行当舞男、做伙夫，张晓舟还会是张牙舞爪的张天师，只不过碰到的人不一样而已。但他还是会按自己的逻辑、自己的套路行走。“别人说我胡说八道，天马行空，但我非常清楚，自己在写什么，干什么。”

2009年，张晓舟离开广州前夕，在一篇名为《猛鼠过街的城市》中这样埋葬17年的广州记忆：

我用两个词来形容这座我生活了17年、如今行将告别的城市。“暧昧”——一个无春可伤、无秋可悲的湿热的城市，一旦告别这座城市我就不再打喷嚏，广州留给我的是思念还是鼻炎?“暧昧”——准确地说是“暖胃”，一座伟大的胃大的饕餮之都。17年前，我刚到广州的时候，广州地头蛇就要请我吃老鼠煲，虽然说是田鼠，还是吓得我落荒而逃。在《广州的春梦》中，有一首《广州老鼠的对话》。这不是一座适合散步的城市，这是一座猛鼠过街的城市。因此它适合噔哚或五条人那样的街头混混，理直气壮地用阳光歌唱自己发霉的生活……

及时行乐看看苍井空

张天师委实是个真性情的人。虽然很多人觉得他像一片浮云，飘忽不定。

一种想搬去北京的感觉，让他离开了噔哚或五条人。天师信奉：人生的阶段不一样，有时候需要一些直觉，到什么山头唱什么歌嘛。20年前，在大学毕业时也没有特别的规划，张晓舟从未设想过如今的样子。

20年白云苍狗，张晓舟依然年少恣意，一如当年18岁初入京城，各方面没有本质变化。

不过，笑傲江湖的张天师却并不愿意谈理想。“我的理想也没什么变化，但是我不想说，因为一说便俗。”

他只是微微一叹，现在可能性越来越少了。天师转而拔剑出鞘，用他最纯熟的招式刺向时弊：

“现在时代像硅胶一样隆起来了，这个时代社会像一个巨大的假胸，已经无法一手掌握。我自己当然还有可能性，但是也越来越少，这是人到中年的一个局限。也谈不上悲不悲哀，每个人都有这个阶段。我必须承认改变不了这个世界多少。如果人年轻的时候想改变这个世界的话，现在能做到的话，首先是不让这个世界改变你，然后瞅准了给这个世界反戈一击，问题是一定要瞅准，因为没有多少时间让你拿根棍子左捅捅右敲敲了。”

张晓舟的江湖没有规矩，从来都是随心所欲天马行空。

天师改山头已有3年，而现在很多人依然不知道他已经到了《时尚先生》，很多人以为他还在《南方都市报》，甚至还会把稿费寄到《南方都市报》去。20年的撰稿和媒体经历成就了张天师传奇。他说自己是及时行乐，凭着感觉一路走来。

“理想是不是骗子？”

“被骗心甘情愿，有什么好骗的呢？能够被骗是非常幸福的事情。但这个时代国家社会的大变局似乎已经完成了，似乎到了难以撼动的地步，你自己也走到人生中段了。以前是未完成，你会觉得自己似乎可以设计规划，即使不是设计规划，你也可以梦想这个社会、这个国家、这个时代以及自己将是什么样，有多少可能性。如今我只能竭力让自己相信：一切并未完成，值得为之奋斗，哪怕是无望的，人是永远生活在未完成的状态中的。但我不喜欢‘理想’这个词，我也不是一个有所谓‘信仰’的人，那些大词都被人弄得湿漉漉、滑溜溜的。从这个意义上说，与其相信情深深雨蒙蒙，月朦胧鸟朦胧的所谓‘信仰’和所谓‘理想’，还不如相信一块石头，能扔多远就多远，向大门砸去。”

“对于现在胸怀梦想的年轻人，你有什么建议？”

“继续搞，搞啊搞，搞到你搞不动为止。”张晓舟脱口而出，如同粗鲁地吐出一串优雅的烟花。

张天师平生最容不得无聊无趣，“写文章也是一个很苦的事情，必须寻找乐趣，你必须

语录

现在时代像硅胶一样隆起来了，这个时代社会像一个巨大的假胸，已经无法一手掌握。我自己当然还有可能性，但是也越来越少，这是人到中年的一个局限。也谈不上悲不悲哀，每个人都有这个阶段。我必须承认改变不了这个世界多少。如果人年轻的时候想改变这个世界的话，现在能做到的话，首先是不让这个世界改变你，然后瞅准了给这个世界反戈一击，问题是一定要瞅准，因为没有多少时间让你拿根棍子左捅捅右敲敲了。

把自己搞high，才能写下去。你自己不high，别人怎么能high呢，但是要把自己搞high其实很累的。感官和思维一起达到高潮更是难上加难。”

他认为各行各业都一样。一个清洁工，也得自己找到乐子。天师终于将自己的信条总结为“及时行乐”，“我不是为了崇高理想而背负十字架的人。我没那么崇高。”

这个怕死的海边少年多少年后依然怕死，“我不会因为大海多么有魔力，多么喜欢《老人与海》，而去跳到海里，我只想有距离地去欣赏它。我可能更喜欢德彪西和莫奈的大海，而不是普希金和海明威的大海。”

这种“有距离”的态度也长期跟随着张晓舟。他崇尚跟生活保持一定距离，因为生活很多是无奈的，尤其是工作、大部分的工作都是无聊的。“稍微保持一点距离的话，会比较好一点。”

日复一日出入于垃圾成山的世界里，张天师专注打扫好自己的角落。他希望，能写出一篇接一篇的好文章，像一根接一根的烟；一本接一本的书，像一包接一包的烟。但他的烟量其实很小，由此张晓舟也断定自己不会多么高产、著作等身。

值得庆贺的是，在互联网丛林里呼风唤雨多年、不识人间烟火的张天师终于学会了打字。

笔杆子张晓舟不会打字在南方报业大院里是出了名的。

《南方都市报》曾设立录入员这样的专门岗位，就是为张晓舟打字。不会打字的张天师好似从冷兵器时代穿越而来的绝世高手，武功奇高，却不会操控区区手枪、步枪。那时，他经常在录入员旁边写稿，写完一页，录入员打一页。所幸天师写得飞快，一篇球评，20分钟、半小时就能搞定。

在2009年离开《南方都市报》之后，再也没有人帮张天师敲键盘了。天师有时还会把稿子从北京传真到千里之外的广州，请《南方都市报》旧友帮忙打字。一直到2010年开了微博之后，张晓舟才开始学习打字，彻底终结了请人打字的历史。

含着煤气吐出朝霞

单是张晓舟的新浪博客上，每篇文章就有上千甚至上万的点击量。

他的文字走的是鬼才路线。他的文字，是传说中的干将莫邪，纵横四海，能走能飞，上得天堂入了地狱。文思神来，跳出三界外，不在五形中。但可以肯定，这是一位出神入化的杀手，没有人知道他怎么出手，没有人看到他刀剑出鞘，对面人头已骨碌落地。

"帝国墓园的守夜人，旷世荒野攥出的一掌血，丑老、畸险、雄奇、荒蛮——山水长卷撕下的一块老树皮。一个一生下来就老了的人，一个含着煤气吐出朝霞的人。"

张晓舟乐评里这段评价左小祖咒专辑的话，似乎也适用张天师本人的作品。

他在乐评上浸淫多年。不过，其实他从小听更多的是正统的古典音乐、民族音乐和军乐。到大学开始接触一点摇滚乐，当时听的是引进版磁带，或者在大学里找人翻录磁带。

在张晓舟上大学前两年，一身农装的崔健，两裤脚一高一低蹦上北京工人体育馆舞台，演唱了他的新作《一无所有》。

但那个时候打口时代还没完全到来，张晓舟大量接触西方摇滚乐、爵士乐等现代音乐是在大学毕业之后。

他表示，自己是"打口一代"，稍晚于崔健他们的"翻录时代”。在音乐极度匮乏的时候，他开始了最初的写作，但那时什么都热衷什么都乱写，不只写音乐，甚至并没有想过自己写的就叫乐评，“乐评人”这个称呼是后来才有的。

那是一个“荒蛮的时代”，“写音乐也是寻找自我的过程，可以说那是畸形的，不专业的，也是过时的，但可能这也是有趣之处。”

多年以来，音乐和足球是他的两大爱好，同时，对音乐的热情和投入则远多于足球。

他说，“评论家最重要的还是美学趣味和艺术标准，而不是抱着一团什么精神，我最讨厌的词就是人文精神。你要跳出，也是从里到外地跳出，没有进去，何谈出来？文章写得烂，再怎么批判也没用，你很容易沦为你自己批判的东西。”微博上网络上有些意见领袖和时评家，在张晓舟看来，写的都是一手烂文章，他说自己也会写烂文章，但要尽力避免，“现在快餐式的、二元对立思维的、道德至上的、民粹色彩浓厚的烂文章反而最容易获得追捧。”

在一篇《信仰在空洞中飘扬》的文字里，张晓舟这样写：

中国摇滚列车现在装了两个新的火车头：汪峰和谢天笑，都被誉为“新教父”。似乎有必要先授予这二位“候选新教父”称号然后让他俩PK一番。而左小祖咒则自命为“摇滚神父”，精明地跳出中国摇滚教父制度，另辟独立王国“邪教”。崔健有一次问我：那中国摇滚的“继父”呢？我反问：那中国摇滚的“干爹”呢？

中国摇滚只有“教父”、“新教父”、“神父”，就是没有“殺父”。如此迷恋“父权”，迷恋偶像崇拜，迷恋主流权位，“新教父”这顶帽子表明了某种朝代更迭权力篡位的思维，这是摇滚精神的退化，那么谁将预订“新新教父”的帽子？没有比这更腐朽的了。

张晓舟对文字有着近乎苛刻的要求。时常听到他鄙视自己过去的文字，哪怕那些文字已经成为历史传奇，譬如“五文弄墨”。

很快，他手里陆续将有三本文集要出版。第一本是广西师范大学出版社马上要出的，介乎文化评论和随笔杂文之间，“说说我们所处的这个时代，可以说是我被社会现实的巨变砸晕之后的反应和反思，从被迫到自觉，只是为避免无辜地被粪坑吞噬。”

另外两本分别为足球随笔和乐评集。他说，个人满意的文章基本集中在这三本书里。出完这三本，他想尝试写写“厚重一点的东西”。

张晓舟还有另一身份是音乐策划人，流窜于各地尤其是从20世纪90年代后期开始的十年间，他在广州、深圳策划了大量演出以及音乐节。

他说：“我不是什么纯粹的乐评人，更不是什么纯粹的文人，我不是抱着唱片和书睡觉的那种人，我那时候是把音乐也当作生活方式的。我喜欢里应外合，灵魂应该接通感官，艺术也应该接通个人和社会，文章应该和行动结合。”

他喜欢两句名言，一句是马克思说的：没有革命理论，只有革命行动。一句是马尔库塞说的：美学是广义的政治学。不过，他觉得自己并不是一个“左派”，“我一直左右为难，很矛盾，我必须真实地把自己的矛盾写出来，我无法只信任某一套知识系统和思维模式，更不会皈依它。”

凤舞九天四顾苍茫的张天师，也时有被媒体和网民群起讨伐的经历。但他说外界的毁誉不是最重要的，自己那一关才最难过。

后记

也谈谈理想

陈文定（《南方都市报》编委兼深圳新闻部主任）

在我这个年龄，谈论理想有点装嫩。

理想是什么？

谁知道呢。

可谁才可以有理想？

年少轻狂者的理想；踌躇满志者的理想；运筹帷幄者的理想；闲庭信步者的理想……

我走过的每个阶段都有自己的向往和理想，走过年少轻狂，走过踌躇满志，奔向运筹帷幄……三十年间，无数理想升起，无数理想坠落，真正实现的寥寥无几，最后这些理想，都成了我茶余饭后拿来取笑自己的谈资。

可谁都不知道，我们曾经为了这些粉碎的理想，做过多么大的努力，尝试着走过什么样的道路。

而这些道路，最后都变成了理想的穷途末路。

回头再想：理想是不是骗子？我们是否有必要为了骗自己，制造如此多的理想，尝试如此多的“或许”与“可能”？

早知如此，何必当初？这是我们身心安静下来以后，懊恼的规劝，劝自己不要被理想利诱，不要跟着理想的步伐走。这时候才明白，这些我们称之为“理想”的东西，其实就是“欲望”——苦求不得的欲望。

昨夜西风凋碧树，独上高楼，望尽天涯路。

众里寻他千百度，蓦然回首，那人却在灯火阑珊处。

这是寻回自己的路。一番心攀外延的努力之后，才发现失去的不仅仅是我们追寻的东西，连自己都丢失了。

我们无数次咒骂理想，懊悔踏上理想之路，在穷途末路里重新找回自己。当再一次面对理想的时候，它仍然如带着镣铐跳舞的女子，脚不动心却动了。理性地告诉自己：别去。而心驰神往。

多少次如此似曾相识的心性到来，就像是一次次的轮回记忆一样，清晰而无可奈何。

次次都上当，当当都一样。

理想究竟具有什么样的魔力？我们竟然如此迷信它能让我们快乐，能给我们幸福，让它拉着我们四处狂奔，头破血流。

失败根除不了理想，有人越战越勇。唐·吉诃德那头追着胡萝卜走的驴，就是我们。也许我们应该大胆地面对理想，大胆地承认它是欲望的面纱。让我们在面纱里流连的朦胧梦想，始终都是要醒来的。

醒来后，面对欲望，重新让真正的理想归位：理想只是个方向，不是个结果。欲望追果，理想求向。

我们到底要的是什么？

理想是什么？现在也概括不清，但是至少知道理想的一个侧面意思。

理想的意思就是：理不清就别想的东西。

想了，便是颠倒妄想，便是穷途之欲，迷幻之欲。我们颠倒妄想了多少次？我们都想顶天立地，可事实是：我们都顶不了天，但是必须立足土地。

放开理想的氢气球，稳稳地落在地上，让它变成风筝，握着它，跟着风向调整自己的方位与脚步，这样就握住了自由飞翔可能。走上理想之路，还得处处留心，不要让理想再次变成欲望的面纱。

理想之路，是理性之路，非迷信之路。

回过头来说说这本叫《理想到底是不是骗子》的书。

“总有一种力量让我们泪流满面，总有一种力量让我们抖擞精神，总有一种力量驱使我们不断寻求正义、爱心、良知。”

媒体，无疑是当代中国最有理想主义情怀的行业；《南方都市报》，又堪称最富理想主义气质新闻人的聚集地之一。从一纸风行密集覆盖珠三角城市群，到全媒体集群无处不在；从“孙志刚案”到“安元鼎事件”，《南方都市报》奠定了在中国传媒界的江湖地位。

这里号称国内媒体之黄埔军校，曾走出近百位总编级的人物，更有风雷激荡，注定要刻在中国新闻史上的传奇。

程益中，一介文弱书生一手打造中国南北两大最成功报纸；

龚晓跃，从高中生、退伍军人，投枪从文，成就报界大腕；

……

当剥去耀眼光环，这些叱咤风云的南方大腕有怎样的成败江湖，怎样的爱恨情仇？他们的故事，他们的情怀，能否上天下海寻得理想踪迹？

在无趣的世界里，怎么寻找有意义的事情？谁又能教我削尖脑袋，穿透这阶层板结阻隔？

在《南方都市报》深圳新闻部本命年之际，《南方都市报》深圳新闻部的主力记者们，选择了从《南方都市报》走出的12位名动天下的传媒大腕，通过他们的成败传奇及访谈，以求稍稍刺破中国当下年青一代的普遍迷失。

不是励志读物，胜似励志读物。程益中、王小山、刘原、张晓舟、龚晓跃……这些名字早已誉满江湖，在大学校园、在机关单位、在街头巷角、在天涯西祠，影响了上世纪七八十年代出生的几代中国人。而那些传奇故事除了零碎流传在网络，鲜见系统梳理完整呈现。

不求让读者醍醐灌顶，茅塞顿开，但求隔空点穴，激起心湖澎湃。激起的不仅是那些激情岁月，那些梦想年华，或许还可提供勇气和养分。

那些慷慨激昂无所适从的大学生，那些曾梦想仗剑走天涯，而今迷惘忧伤的年轻人，那些在路上撞得头破血流的理想主义者，那些在房子家庭职业琐事缠身日渐平庸的普通人，都可把头枕在本书之上，稍作休憩。

是为后记。

2012年8月